KB266438

어느
멋진
도망

어느
멋진
도망

어느 멋진 로망

나상천 장편소설

〈목차〉

떠나면
비로소 마주하는 또 다른 나

서울 홍대 작은 골목에 '까미난떼'라는 식당이 있다. 작은 간판은 눈에 잘 띄지도 않아서, 일부러 찾아오지 않는 이상 그냥 지나치기 쉬운 자리다. 그럼에도 이 작은 식당을 찾는 손님 대부분은 '그 영화'를 보고 이곳으로 온다. 식당 이름과 똑같은 제목의 영화. 까미난떼는 영화의 주인공인 요리사가 실제로 운영하는 곳이다. 식당의 주인은 하얀 토크 블랑슈*Toque Blanche*(조리사들이 쓰는 길쭉한 흰 모자)를 쓴 중년의 셰프로, 사람들은 그를 '킴스'라고 부른다.

저녁 영업 전, 킴스가 텅 빈 식당 한가운데에 섰다. 열다섯 명 정도 앉을 수 있는 크기의 식당 정중앙에 주방이 있다. 어느 자리의 손님과도 눈을 마주칠 수 있는 구조가 특징이었다. 킴스가 서 있는 곳에서 사방이 다 보였다. 카메라를 들고 주방 구석구석을 촬영하던 로저가 본격적으로 킴스의 모습을 담아내기 시작했다. 냉장고의 윙윙거림, 환풍기의 미세한 떨림, 그리고 자신의 심장이 고요히 박동하는 소리에 한동안 집중하더니 그는 가만히 두 손을 모았다.

짝. 첫 번째 박수. 아내를 떠나보낸 날, 집으로 돌아와 텅 빈 부엌에서 딸아이의 식사를 만들 때도 이렇게 박수를 쳤다. 그때는 손이 떨려서 소리조차 제대로 나지 않았다.

짝. 두 번째. 순례길에서 아내의 사진을 철의 십자가 아래 내려놓았을 때도 두 손뼉을 모았다. 이별을 고하는 마음의 소리가 아내에게 닿기를 바라는 마음이었다.

짝. 세 번째로 손바닥이 부딪혔다. 그제서야 눈을 뜨고 요리를 위해 칼을 들었다. 당근이 도마 위에서 톡, 톡, 톡 잘려 나갔다. 파와 양파가 뒤따랐다. 화구에 불이 올라오자 야채들이 팬 위에서 춤을 췄다. 지글거리는 기름 소리, 코끝을 스치는 마늘 향.

그때 문이 열렸다. 기타를 멘 젊은 여자가 문 앞에 서 있는 모습을 보며 킴스가 빙긋 웃었다.

“어서 와요, 도로시.”

“오랜만이에요, 셰프님. 어머, 로저도 있었네요.”

“오늘처럼 역사적인 날을 그냥 넘어갈 수 있나.”

로저의 카메라 렌즈가 도로시에게 향했다. 1년 전과는 확연히 달랐다. 오디션장 복도에서 고개를 숙이고 대기 번호를 기다리던 도로시는 없었다. 어깨가 펴져 있었고, 눈빛에는 확신이 담겨 있었다.

“셰프님, 오늘 예약한 손님 몇 분이나 있어요?”

“영화 덕분에 예약이 꽉 찼어.”

산티아고 순례길을 배경으로 만든 로저의 영화 〈까미난떼〉가 개봉한 이후 식당은 예약 없이는 발을 들일 수 없는 곳이 되었다. 1년 전, 그들은 함께 800킬로미터의 산티아고 순례길을 걸었다. 도로시의 시선이 천천히 벽으로 향했다. 액자 하나가 걸려 있었다. 노랑, 초록, 파랑, 흰색 우비를 입은 네 사람이 비를 맞으며 웃고 있는 사진. 머리카락이 온통 얼굴에 들러붙어 있고 옷은 흠뻑 젖었지만, 그들은 미친 듯이 웃고 있었다. 모두가 웃고 있는 사진 속 유난히 무표정한 얼굴이 눈에 띄었다. 흰색 우비의 청년, 준상. 준상이는 지금 뭘 하고 있을까. 셋은 약속이나 한 듯 준상의 이름을 더듬었다.

8년 전, 그해 봄. 킴스는 거울을 피해 다녔다. 우연히 마주치는 거울 속 텅 빈 눈동자가 자신을 똑바로 쏘아볼 때마다 숨이 막혔다. 10년을 사업에 바쳤다. 처음엔 작은 무역회사로 시작해 중국, 베트남, 인도네시아를 밤낮없이 뛰어다녔다. 회사가 커지면서 세상은 그를 자수성가한 사업가라고 인정했다. 그런데 성공할수록 건강은 무너져갔다. 만성 위염과 당뇨, 불면증. 그럼에도 킴스는 몸이 보내는 경고를 무시했다. 가족을 위해서라면 바쁘고 힘든 것쯤은 견딜 수 있다고 스스로를 위로했다. 그 무렵 아내의 건강도 무너지고 있었다. 병원 검진을 미루다가 뒤늦게 암을 발견했고, 1년을 버티지 못했다. 그렇게 아내를 떠나보낸 뒤, 킴스의 세상은 멈춰 섰다.

어느 날, 텅 빈 거실에서 딸아이가 물었다.

“아빠, 하나님은 정말 있어?”

킴스가 고개를 돌려 아이를 바라보았다. 일곱 살, 어린 나이에 엄마를 잃은 아이.

“내가 매일 기도했는데. 엄마 데려가지 말라고 그렇게 기도했는데.”

킴스는 아무 말도 할 수 없어 와락 아이를 끌어안았다. 아이의 체온이 닿자 정신이 번쩍 들었다. 내가 무너지면 이 아이는 누가 지키지. 킴스는 벌떡 일어나 주방으로 향했다. 냉장고를 열어 재료를 꺼냈다.

“아빠가 약속할게. 이제부터 아빠가 엄마몫까지 다, 세상에서 제일 맛있는 걸 해줄게.”

도마를 두드리며 다짐하듯 말했다. 잘나가던 사업을 접고 마흔일곱 살에 새로운 꿈을 품는다는 것은 어쩌면 무모한 도전이었을 것이다. 그래도 해야 했다. 그렇게 7년이라는 세월이 흘렀다.

같은 시각, 도로시는 오디션장 복도에 앉았다. 형광등이 지직거렸다. 왼쪽 세 번째 등이 깜빡였다. 깜빡, 2초. 깜빡, 3초. 불규칙한 그 리듬이 자신의 심장 박동 같았다. 문이 열렸다.

"38번, 이지음 씨."

도로시는 일어섰다. 심사 위원석에 앉은 세 명의 표정은 무미건조했다. 그들에게 자신은 그저 'n번째 지원자'에 불과할 터였다. 도로시는 스스로 '토토'라 이름 붙인 낡은 기타를 꺼내 가슴에 품었다. 토토의 몸통은 긁힌 자국투성이고, 넥은 수십 년의 세월을 머금어 닳아 있었다. 첫 코드를 짚었으나 떨리는 손가락이 미끄러지며 삐걱, 불협화음이 울렸다. 심사 위원 한 명이 미간을 찌푸렸다.

진정해. 네 노래, 네가 쓴 노래야. 다시 코드를 짚자 이번에는 맑은 소리가 났다. 자신이 쓴 노래, 자신의 이야기를 멜로디에 얹었다. 2분이 채 되지 않아 심사 위원이 노래를 멈춰 세웠다. 중년의 남자가 입을 열었다.

"38번, 좀 더 대중적인 음악으로 다음에 다시 한번 도전하세요."

또 떨어졌다. 도로시는 고개를 숙인 채 오디션장을 나왔다. 스물다섯 살, 싱어송라이터가 되겠다고 집을 나온 지 3년째였다.

대중적이라는 게 뭐지? 모두가 좋아하는 노래? 누구나 따라 부를 수 있는 노래? 낡은 기타 케이스를 꽉 쥐었다.

아버지가 남긴 유일한 물건. 도로시의 아버지는 뮤지션이 되고 싶었지만 끝내 성공하지 못했다. 술과 잦은 다툼 끝에 엄마와 이혼했고, 어느 날 새벽에 기타만 남기고 떠났다. 그리고 도로시도 스물두 살에 집을 나왔다. 이제 그 기타도 버리라는 엄마의 말에 도로시는 토토와 함께 버려지기로 결심했다.

로저는 '로저챌린저'라는 이름의 채널을 운영하는 유튜버였다. 본명은 박성준. 서른 살의 로저는 좁은 원룸에서 한창 영상 편집에 매달리고 있었다. 굳게 닫힌 창문과 틈 없이 쳐진 커튼 때문에 방 안에서는 낮인지 밤인지도 분간이 되지 않았다. 화면에는 수십 개의 클립이 타임라인에 늘어서 있었다. 밤새 잘라내고, 붙이고, 효과를 넣고, 자막을 달았다. 눈이 뻑뻑하고 목이 뻣뻣했다. 1년 동안 채널을 운영하며 얻은 것은 구독자 1만 4,000명이 전부였다.

영화감독이 되고 싶었지만 현실은 기회를 주지 않았다. 영화과 졸업 후 조감독에 지원했지만 떨어졌다. 시나리오도 응모해 보고, 단편영화제에도 출품해 봤지만 아무것도 선정되지 않았다. 유튜브를 시작했다. 그렇게 1년이 지났다. 결과는 참담했다.

로저의 아버지는 건설 일용직으로 일하면서 힘겹게 생활하다가 5년 전, 현장 난간이 무너지며 3층 높이에서 콘크리트 바닥으로 떨어지는 사고를 당했다. 겨우 살아남았지만 집으로는 돌아오지 못했다. 그 후로 오랜 시간 병원에서 힘든 투병 생활을 이어갔다. 어머니는 작은 동네 미용실에서 일하며 밤에는 식당 설거지 아르바이트도 했다. 그래도 눈덩이처럼 불어나는 병원비 때문에 돈은 언제나 모자랐다. 유튜브, 이게 탈출구다. 성공하면 큰돈을 벌 수 있다. 아버지 병원비도 내고, 어머니를 쉬게 할 수도 있다.

드르륵. 그때 휴대폰 진동이 울렸다. 엄마였다. 전화를 받았지만 한동안 대답이 없었다. 무슨 일이냐고 물으니 한숨이 먼저 들려왔다.

"아들, 아빠 병원비가 모자라. 이제 엄마 혼자 힘들다."

"미안해, 엄마. 내가 어떻게든 해결해 볼게."

전화를 끊었다. 엄마의 목소리가 여전히 귓가에 맴돌았다. 그때 진동과 함께 화면에 낯선 메시지가 떴다.

당신의 멋진 도전, 언제나 잘 보고 있어요 로저. 구독자 수를 늘리고 싶나요? 영화감독의 꿈을 이루고 싶나요? 게임 하나를 제안합니다. 산티아고 순례길 33일 동안, 구독자 33만 명을 달성하면 당신이 그토록 바라던 영화 제작에 투자하겠습니다. 수락한다면 필요한 경비 1억 원을 선입금해 드리겠습니다.

로저는 화면을 응시했다. 손끝이 차갑게 얼어붙었다. 누구지? 어떻게 나를 알지? 사기? 장난인가? 그러나 손가락은 이미 키보드 위에서 움직였다. 현재 구독자는 1만 4,000명, 목표는 33일 만에 33만 명이다. 매일 1만 명 이상이 새로 구독해야 한다. 불가능한 숫자였다. 그런데 손가락이 먼저 움직이고 있었다. 결국 익명의 구독자가 보내온 제안에 로저는 빠르게 '예스'를 입력해 회신했다.

왜?

가만히 앉아서 기다리는 것보다는 미친 짓이라도 하는 게 나았다. 로저는 유튜브에 긴급 공지를 올렸다.

‘산티아고 순례길 33일 걷기에 도전하실 분

두 명을 모십니다. 경비는 로저챌린저가……’

　이틀 만에 지원서가 수십 통 쏟아졌다. 로저는 밤새 지원서를 읽었다. 영상을 보고, 사연을 읽고, 한 사람 한 사람을 상상했다. 수십 명의 지원자 중에서 두 사람이 눈에 들어왔다.

　킴스, 54세, 사업가 출신으로 요리 경력 7년 차. ‘아내와 함께 걸으려 했던 길입니다’라는 말이 눈에 띄었다. 그의 아내는 먼저 떠났다고 했다. 그녀의 몫까지 걷고 싶다는 짧은 문장은 울림이 있었다.

　도로시, 25세, 가수 지망생. ‘오디션에서 떨어졌습니다.’ 오디션에 떨어진 이유는 대중적이지 않다는 이유라고 했다. 자신의 음악을 찾고 싶다고 했다. 첨부된 영상을 봤다. 기타를 안고 노래하는 여자. 목소리가 귀에 착 달라붙었다. 대중적이지 않다는 말이 한편으로 이해가 되었다. 그래서 마음에 남았다. 가난한 청춘인 자신과 아내와 사별하고 요리하는 중년의 남자, 그리고 오디션에 떨어진 가수 지망생이 함께 33일 동안 순례길을 걷는다는 상상을 하니 머릿속에 이야기가 그려졌다. 노래와 음식이 공존하는 영화. 로저는 두 사람에게 합격 메일을 보냈다.

그렇게 세 사람은 각자의 이유를 안고, 산티아고 순례길을 걷기 위해 비행기에 몸을 실었다. 창밖으로 뭉게구름이 펼쳐졌다. 비행기가 서서히 고도를 높여갔다. 두고 온 도시의 불빛들이 점점 작아져 가다가 끝내 구름 아래로 사라졌다.

로저는 창가 좌석에 앉아 카메라로 창밖의 하늘에 펼쳐진 구름과 날개 그리고 간혹 킴스와 도로시를 촬영했다. 도로시는 어린아이처럼 태어나 처음 탄 비행기가 마냥 신나는 듯 앞뒤 구석구석은 물론 화장실까지 살폈다. 그리고 입 밖으로 두 단어를 노래처럼 흥얼거렸다.

"올라. 부엔 까미노."

킴스는 두 눈을 감고 생각에 잠겼다. 저들은 진짜 여행은 비행기가 착륙한 후부터 시작된다는 것을, 그리고 자기 자신을 만나는 여행이 어떤 의미인지를 알고 있을까.

DEMOCRACY
IS NOT
CAPITALISM

PART 1

*

출발

CHAPTER 1

네 시작은 미약하였으나
피레네를 넘어

프랑스 파리 샤를 드 골 공항에 도착해 메트로를 타고 몽파르나스로 이동했다. 다시 고속 열차로 갈아타 바욘 역에 도착하고, 바욘에서 또 생장으로 몇 시간을 달렸다. 고속도로가 국도로 바뀌고, 국도가 시골길로 바뀌고, 시골길이 산길로 바뀌었다. 창밖으로 스쳐 지나가는 풍경이 점점 낯설어질수록 오히려 마음은 가벼워졌다. 서울, 도심, 사람들. 이미 익숙한 것들에서 멀어지니 마음에 묘한 안도감이 찾아왔다. 하지만 그것이 두려움인지 해방감인지, 아직은 알 수 없었다.

로저, 킴스, 도로시가 마을에 도착했을 때, 골목마다 박혀 있는 조개껍데기가 눈에 들어왔다. 좁은 자갈길과 하얀 회벽에 붉은 덧문을 단 집들. 성벽 아래로는 에메랄드빛 니브 강이 흘렀고, 언덕 위 작은 노트르담 성당의 종탑은 석양에 금빛으로 물들어 있었다.

마을 광장에는 이미 순례자들이 모였다. 배낭을 내려놓고 맥주를 마시는 사람들. 서로의 국적을 묻고 여정을 나누는 목소리들. 독일어, 영어, 스페인어, 한국어, 일본어. 전 세계가 이 작은 광장에 모여 있었다. 로저는 반사적으로 카메라를 들었다.

"여기가 생장입니다. 영화 속 한 장면에 들어와 있는 기분입니다."

기타를 멘 도로시가 두리번거리며 걸어왔다. 어깨에 걸린 배낭이 무거워 보였지만 눈빛은 호기심으로 반짝였다. 로저가 손을 흔들자 도로시가 다가와 가볍게 인사를 건넸다. 그때 이상한 소리가 들렸다. 달그락. 달그락. 달그락. 온갖 요리 도구를 주렁주렁 매단 큰 배낭을 짊어진 남자가 나타났다. 킴스였다. 배낭에서 국자와 프라이팬, 작은 냄비들이 서로 부딪히며 소리를 냈다. 꼭 이동하는 주방 같은 모습이었다. 자꾸만 달그락거리는 소리에 지나가는 외국인들이 고개를 돌려 쳐다보았다. 로저가 놀란 표정으로 물었다.

"정말 그 배낭을 메고 가시려고요? 800킬로미터를요?"

킴스는 씩 미소를 지었다.

"배고프면 얘기해요."

로저가 배낭에서 삐져나온 프라이팬을 흘끗 보았다. 사업가 출신인 요리사는 역시 다른 걸까. 언뜻 보아도 고가인 제품들이었다.

킴스에게는 지켜야 할 것이 있었다. 서울에 두고 온 중학교 2학년 딸. 장모님께 맡기고 오며 아이에게 약속했다. 다녀오면 세상에서 제일 맛있는 걸 해주겠다고. 그 약속을 지키려면 요리 도구가 필요했다. 이 길에서도 요리를 해야 했다. 손을 놀려야 아내 생각이 조금이라도 사라질 것 같았다.

일행은 순례자 사무소를 찾아갔다. 오래된 건물의 나무문을 열고 들어서자, 안에는 이미 여러 나라에서 온 순례자들이 줄을 서 있었다. 그들은 각자 순례자 여권을 발급받고, 조개껍데기를 사서 배낭에 달았다. 킴스가 조개껍데기를 들어 보이며 말했다.

"이 홈이 파인 모양 보여요? 여러 갈래의 길이 한곳으로 모이는 것 같지 않아요? 어디서 출발하든, 결국 같은 목적지로 향한다는 의미래요."

도로시가 조개껍데기를 햇빛에 비춰보았다. 정말 그랬다. 여러 줄기가 하나의 점으로 모이는 모양. 도로시는 여기에 모인 우리도 그럴 수 있을지 문득 궁금해졌다.

"자, 셰프님, 도로시. 이미 설명 드렸듯이…"

로저가 작은 캠을 두 개 꺼내 건넸다.

"이 캠을 가방이나 모자에 달아주세요. 계약대로 중도 포기하시는 분들께는 지원된 경비를 회수하겠습니다. 룰이에요."

킴스와 도로시는 수긍했다. 33일 동안 800킬로미터를 걷고, 그 과정을 영상으로 기록한다.

"오늘은 여기서 쉬고, 내일 새벽에 출발하겠습니다."

세 사람은 마을의 순례자들이 머무는 숙소 알베르게에서 하룻밤을 보냈다.

다음 날 새벽, 아직 어둠이 채 가시지 않은 시간. 약속대로 셋은 알베르게 앞에 모였다. 헤드램프 불빛이 어둠을 갈랐다. 5월의 끝자락인데도 입김이 하얗게 피어올랐다.

피레네의 새벽 공기는 차가웠다.

"자, 그럼 출발해 볼까요?"

그들은 첫 발을 내디뎠다. 피레네 산맥으로 향하는 오르막길이 시작됐다. 처음 30분은 설렘이 피로를 덮어 괜찮았지만, 한 시간이 지나자 숨이 가빠지기 시작했다. 그다음부터 다리가 여러 가지 유형의 신호를 보냈다. 한 걸음 한 걸음이 고문이었다. 꿈은 가볍고 현실은 무겁다. 그 사이를 잇는 것은 걸음뿐이다. 킴스는 연신 사진을 찍었고 로저는 쉬지 않고 카메라를 돌렸지만, 그것도 잠시뿐이었다. 숨 쉬는 것만으로도 벅차 말수가 줄었다. 사진을 찍는 손이 느려지고, 카메라는 무거워졌다.

그때 무언가가 킴스의 시선을 끌었다. 저 앞에 홀로 걷는 젊은 남자의 뒷모습이 자꾸만 신경 쓰였다. 선글라스를 쓴 채 고개를 숙이고 빠른 걸음으로 걷는 남자는 다른 순례자들과 달랐다. 주위를 구경하지도, 사진을 찍지도, 누군가와 인사를 나누지도 않고 그저 앞만 보고 걸었다. 무언가에 쫓기는 것처럼. 그러면서 어딘가 긴장한 듯 이마의 땀을 손수건으로 연신 닦아내고 있었다. 날씨가 그렇게 덥지도 않았다. 오히려 산바람 때문에 서늘했다. 남자가 잠깐 누군가를 확인하듯 뒤를 돌아보더니 다시 빠르게 걸음을 재촉했다.

킴스의 눈이 좁아졌다. 도로시도 그 모습을 보았다. 손수건을 주머니에 넣으려다 놓쳤는지 하얀 천 조각이 땅에 떨어져 바람에 살짝 굴렀지만, 남자는 그것도 모른 채 걸어갔다. 도로시는 잠시 망설이다가 손수건을 주워들었다. 가장자리에 꽃문양 같은 수가 놓여 있었다. 부산스러운 저 남자 것치고는 너무 섬세한 자수였다. 도로시는 빠르게 남자의 뒤를 쫓았다.

"올라!"

스페인어로 '안녕하세요'를 뜻하는 '올라'라는 인사는 순례길에서 가장 많이 쓰인다. 비행기 안에서 수차례 연습했던 그 인사를 남자에게 던졌다. 남자는 반응이 없었다. 못 들은 걸까, 아니면 듣고도 무시하는 걸까. 도로시는 조심스럽게 다가가 그의 배낭을 툭 쳤다. 남자가 화들짝 놀라며 뒤를 돌아보았다. 도로시도 뒤로 한 발짝 물러섰다.

"아이, 깜짝이야!"

한국어였다. 도로시도 따라서 놀라며 한국 분이시냐며, 반갑다고 인사했다. 남자의 얼굴은 경계심 가득하게 굳어 있었다. 귀에 꽂힌 흰색 이어폰을 빼며 자기를 부른 거냐고 물었다. 도로시가 대답 대신 손수건을 내밀었다.

"이거 떨어졌어요."

남자는 손수건을 낚아채듯 받아서 주머니에 구겨 넣었다.

"감사합니다."

"무슨 죄라도 지었어요?"

도로시가 무심코 말을 던졌다. 그저 농담이었다.

"죄요?"

"왜 그렇게 놀라요?"

남자는 애써 웃음을 지었지만, 입꼬리만 올라갔을 뿐 눈은 웃지 않았다. 누가 봐도 가짜 웃음이었다. 그는 화장실이 급해서 그렇다며 거의 뛰다시피 뒤도 돌아보지 않고 도망쳤다. 도로시는 멍하니 그의 뒷모습에 시선을 두었다.

멀리서 로저가 카메라로 그 장면을 촬영했다. 로저의 카메라가 본능적으로 그 뒷모습을 따라갔다. 카메라를 오래 들여다본 사람은 안다. 사람의 몸은 거짓말을 잘 못한다.

도로시는 고개를 저으며 다시 걸었다. 이상한 사람이네, 그렇게만 생각했다. 그때 그녀는 알지 못했다. 그 젊은 남자 준상이 짊어진 비밀이 무엇인지. 그리고 그 비밀이 이들의 여정에 어떤 폭풍을 몰고 올지.

피레네의 바람이 스쳐 지나갔다. 차갑고 날카로운 바람. 도로시의 머리카락이 흩날렸다. 저 멀리, 준상의 뒷모습이 점점 작아져 갔다. 도망치듯 혼자서 빠르게 걸어가는 굽은 등. 어느덧 피레네 산맥 중턱, 두 시간째 오르막길이 계속되고 있었다.

로저의 폐가 비명을 질렀다. 헉, 헉, 헉. 숨을 쉴 때마다 기관지가 긁히는 것 같았다. 심장이 마구 뛰었다. 허벅지 근육이 불타올랐고, 걸음을 뗄 때마다 종아리에서 경련이 일어났다. 등 뒤에 매달린 15킬로그램의 배낭은 어깨를 파고들었다. 쇄골이 눌리는 통증, 입 안에서 나는 쇠 맛에 눈앞이 흐려졌다. 로저의 속마음이 입 밖으로 흘러 나왔다. 미쳤어. 내가 여길 왜 왔지. 서울에서는 순례길이 이렇게 힘들 줄 상상도 못했다. 유튜브에서 본 순례길은 아름다웠다. 황금빛 석양과 끝없이 펼쳐진 초록빛 산비탈, 환하게 웃는 사람들. 지금은? 다리가 후들거렸고, 어깨가 빠질 것 같았고, 배낭이 등을 짓눌렀다.

한걸음 한걸음 내딛는 발걸음과 달리 머릿속은 다른 말을 하고 있었다. 포기할까. 여기서 내려갈까. 그렇지만 내려가면 뭐가 있지? 구독자 1만 명과 반지하 원룸. 아버지 병원비와 엄마의 한숨. 아니, 올라가야 해. 이건 아무 생각 없이 오르는 산이 아니야. 내 인생이야. 넘어야 해. 로저는 카메라를 내리지 않았다. 손가락이 떨리고 땀에 젖은 손바닥이 그립 위에서 미끄러졌다. 고개를 들어 주위를 둘러보았다. 초록빛 초원이 지평선 너머까지 이어져 있었다. 저 멀리 보이는 봉우리들은 구름에 살짝 가려져 있었고, 하늘은 손에 닿을 것처럼 가까웠다. 그 사이에서 소와 양 떼들이 한가로이 풀을 뜯고 있었다. 마치 검고 흰 점들이 초록 캔버스 위에 흩뿌려진 것 같았다. 바람에 보라색, 노란색, 흰색 야생화들이 일렁이며 산비탈을 수놓고 있었다. 광활한 자연 앞에 서자 자신이 한없이 작아지는 기분이었다. 그게 싫지 않았다.

도로시는 산 중턱 길가 바위에 걸터앉았다. 다리가 후들거렸다. 그래도 그녀의 손은 본능적으로 기타 케이스로 향했다. 케이스를 열자 낡은 기타 토토가 모습을 드러냈다. 바디의 긁힌 자국, 닳아 있는 넥, 끊어졌다가 다시 감은 현. 모든 것이 세월의 흔적을 담고 있었다.

도로시는 기타를 허벅지로 받쳐 들었다. 지친 몸이 잠시 쉬어가는 동안 손가락이 현 위를 더듬었다. 아무 생각 없이, 몸이 기억하는 대로. 멜로디가 저절로 흘러나왔다. 처음 듣는 멜로디였다. 서울에서는 한 번도 나오지 않던 소리. 오디션장에서도, 연습실에서도, 좁은 원룸에서도 떠오르지 않던 음들. 그런데 여기서는 이 풍경이, 이 바람이, 이 햇살이 노래를 불어넣어 주었다. 허밍 소리가 산바람을 타고 퍼져나갔다.

꽃잎아 너는 아니 내가 이 길을 떠나온 이유를
나는 말이야 찾을 거야 이 길에서 내가 찾고 싶던 나를
바람아 너는 아니

그저 떠오르는 대로 흥얼거렸다. 문득 집을 나간 아빠가 떠올랐다. 아빠도 자기 자신을 찾고 있었던 걸까. 그래서 떠난 걸까. 미워하면서도 이해하고 싶었고, 용서할 수 없으면서도 용서하고 싶었다. 멀리서 로저가 그 모습을 카메라에 담았다. 바위 위에 앉아 기타를 안고 노래하는 젊은 여자. 그녀의 뒤로 펼쳐진 피레네의 장엄한 풍경. 역광에 실루엣이 드러났다. 로저는 이런 장면을 담기 위해 여기까지 온 것이라고 생각했다.

킴스도 걷던 길을 멈추고 그 소리에 귀를 기울였다. 노래가 바람에 실려 산을 타고 들려왔다. 아내가 떠올랐다. 요리할 때 흥얼거리던 콧노래. 킴스는 미소를 지었다. 저 멀리 앞서 걷던 준상도 발길을 멈추고 뒤를 돌아보았다. 노랫소리가 들려왔다. 아름다웠다. 슬프면서도 희망적인 멜로디. 꼭 혜지가 가끔 흥얼거리던 노랫소리 같았다. 하지만 혜지가 아니다. 혜지가 오고 싶어 했던 이 길에서 준상은 또 다른 혜지를 본 걸까. 그는 이내 고개를 숙이고 다시 빠르게 걸어갔다. 노래를 등 뒤로 남긴 채.

연주가 끝나고, 일행은 다시 걸었다. 어느새 킴스와 도로시가 나란히 걷고 있었다. 한동안 아무 말 없이 걷다가 킴스가 먼저 입을 열었다.

"노래 너무 좋았어요. 마치 내 얘기 같기도 하고. 이름이 뭐예요?"

도로시의 얼굴이 환하게 밝아졌다. 오디션에서는 한 번도 듣지 못한 칭찬이었다. 대중적이지 않다거나 다음에 도전하라는 말이 아니라 자신의 이야기 같다는, 너무 좋았다는 말은 처음이었다.

"고마워요. 힘들고 긴장이 좀 됐는데 토토랑 놀았더니 좀 나아졌어요. 그냥 도로시라고 불러주세요."

"예명이에요?"

"네. 아직 알려지진 않았지만."

도로시는 잠시 망설이다 다시 입을 열었다.

"본명은 이지음. 아빠가 지어준 이름이에요. 음악을 잘 안다는 뜻이래요."

아빠라는 단어를 말할 때 목소리가 살짝 떨렸다. 킴스는 그 미세한 차이를 눈치챘지만 모른 척했다.

"지음. 본명도 예쁘네요."

"도로시가 좋아요. 좋아하는 동화 《오즈의 마법사》에서 따온 이름이에요. 이 아이는 제 친구 토토."

기타를 들어 보이며 소개했다. 킴스의 입가에서 피식 웃음이 새어 나왔다. 오즈의 마법사. 회오리에 휩쓸려 낯선 세계로 떠난 소녀가 집으로 돌아가는 여정이 함께 걷고 있는 이들의 모습과 비슷한 것 같았다. 우리 모두 각자 무언가를 찾으며 걷고 있는지도 모른다.

두 사람은 계속 걸었다. 준상은 초반부터 속도를 낸 탓에 산 중턱 바위에 걸터앉아 쉬다가, 킴스와 도로시를 발견하고 얼른 몸을 숨겼다. 이윽고 국경을 알리는 표지판이 나타났다. 프랑스와 스페인의 경계였다. 킴스가 국경선을 넘어갔다가 다시 돌아왔다. 장난기 어린 표정으로.

"여기는 프랑스, 여기는 스페인."

도로시가 눈을 동그랗게 뜨며 물었다.

"그럼 우리가 지금 국경을 넘은 건가요?"

그녀도 국경선을 넘나들었다. 한 발은 프랑스에, 한 발은 스페인에.

"국경을 초월한 사랑, 국경을 넘어 도망을."

하하하. 아무 생각 없이 던진 말이었다. 때마침 옆을 지나가던 준상이 비틀거렸다. 도망이라는 단어에 순간 다리에서 힘이 빠졌다. 킴스가 재빨리 그의 팔을 잡아주었다. 넘어지기 직전이었다.

"괜찮아요?"

"네, 감사합니다."

음성이 갈라지고 손이 떨렸다. 준상은 킴스의 손을 재빨리 뿌리치고 고개를 숙인 채 걸음을 서둘렀다. 도로시가 의아하다는 듯 눈길을 주었다. 도로시는 멀어지는 준상의 뒷모습을 바라보며 아까 그 손수건 일도 그렇고 이상한 사람이라고 했다. 킴스는 대답 없이 준상의 뒷모습을 지켜보았다. 좁은 어깨에 숙인 고개, 빠른 걸음.

가파른 내리막길을 지나자 울창한 숲이 나타났다. 푸른 이끼가 줄기를 타고 뿌리까지 내려와 연령을 알 수 없는 거대한 나무들이 안개에 둘러싸여 있었다. 로저는 멈춰 서서 카메라를 들었다. 이런 숲이라면 유니콘 한 마리쯤 걸어 나와도 이상하지 않을 것 같았다. 그 위로 물고기 떼가 날아다녀도. 로저는 속으로 이 숲에 몽환의 숲이라는 이름을 붙였다. 몇 시간 뒤, 해가 기울 무렵에 깊고 넓은 숲을 지나자 초록의 계곡 사이로 멀리 붉은 지붕의 건물들이 눈에 들어오기 시작했다. 론세스바예스 알베르게. 첫 번째 날의 목적지였다. 킴스가 저기라며 손가락으로 가리켰다.

론세스바예스는 스페인 나바라 지방의 작은 마을이다. 13세기에 지어진 산타마리아 수도원이 순례자들을 맞이했다. 고딕 양식의 육중한 석조 건물 회랑에는 수백 년 된

석상들이 묵묵히 서 있었다. 이곳은 카를대제 전설의 무대이기도 했다. 《롤랑의 노래》에 나오는 그 전투가 바로 이 계곡에서 벌어졌다고 했다.

킴스의 무릎이 시큰거리며 아파왔다. 사실 지금까지 다리가 버텨준 것이 고마웠다.

"드디어 도착인가요?"

도로시도 다리가 후들거렸지만 알베르게 건물이 보이자 힘이 났다. 로저가 카메라를 들어 숙소를 촬영했다.

"드디어 도착했습니다. 25킬로미터. 피레네 산맥을 넘어 이곳까지 왔습니다."

첫날부터 25킬로미터를 이동했다. 그것도 산을 넘어서. 미친 일정이었다. 그러나 해냈다. 세 사람은 서로를 바라보며 웃었다. 알베르게 문을 밀고 들어서자 다리에서 힘이 빠졌다. 도로시는 입구 벽에 등을 기댔다가 그대로 미끄러져 바닥에 주저앉았다. 웃음이 터졌다. 킴스는 배낭을 내려놓자마자 허리를 두 손으로 짚었고, 로저도 손을 부들부들 떨었다. 카메라가 흔들렸다. 2층 침대가 빼곡하게 들어찬 방에 여러 나라의 순례자들이 모였다. 세 사람은 각자 침대를 잡았다. 로저는 메모리 카드를 노트북에 꽂아 영상을 확인했고, 도로시는 빨래를, 킴스는 샤워를 했다.

저녁이 되자 순례자들이 식당으로 모여들었다. 긴 나무 테이블 위에 접시들이 놓이고, 제각각의 언어가 뒤섞이기 시작했다. 머리를 노랗게 염색한 작은 체구의 일본인 유키는 수줍게 손을 흔들며 인사했다. 오사카에서 혼자 왔는데, 자신이 왜 이곳에 왔는지 모르겠다고 해 모두에게 한바탕 웃음을 주었다. 유난히 눈동자가 파란 미국인 크리스티는 보스턴 출신의 간호사였다. 병원을 그만 두고 왔는데 앞으로 뭘 해야 할지 모르겠다고 했다. 일흔의 독일인 한스는 자동차 정비공 출신으로, 사리아에서 손자를 만나기로 했다며 환하게 웃어 보였다. 짙은 눈썹에 면도한 수염자리가 유독 거뭇한 이탈리아 청년 루카는 짧게 자신을 소개한 후 오카리나를 꺼내 아리랑을 연주했다. 한국인 일행은 루카의 연주에 가슴이 뭉클해져 서로를 바라보았다.

로저는 이들에게 허락을 구하고 카메라를 들었다. 킴스는 배낭에서 꺼낸 튜브 고추장을 루카에게 건넸다. 루카가 뚜껑을 열어 손가락 끝에 조금 짜서 핥더니 눈을 크게 뜨고 이탈리아어로 뭔가를 외쳤다. 아마도 맵다는 뜻이었다.

유키가 손을 모으고 웃었고, 크리스티가 물을 건넸다. 말이 통하지 않는 테이블이었지만, 웃음만큼은 통했다.

식사를 마치고 식당 안에서 로저는 이어폰을 끼고 노트북으로 오늘의 촬영분을 살펴보았다. 피레네 산맥의 풍경은 아름다웠다. 그러나 그게 다였다. 풍경은 어디서든 찍을 수 있다. 그보다도 도로시가 산꼭대기에서 노래하던 장면에서 마음이 뭉클해졌다. 이건 진짜였다. 킴스가 다리를 절뚝거리면서도 묵묵히 산맥을 오르는 장면 역시 인상적이었다.

준상은 혼자 걷고, 혼자 먹고, 혼자 잤다. 아무와도 눈을 마주치지 않았고, 카메라도 피했다. 그는 이 영화의 주인공이 될 수 있을 것 같기도, 한편으로는 영화를 망칠 것 같기도 했다. 로저는 지켜보기로 했다. 카메라를 들고. 그들이 어떤 이야기를 만들어내는지. 그런데 자꾸만 눈이 감기고 손가락이 키보드 위에서 멈추었다.

준상은 여전히 밖에서 홀로 서성였다. 오고 가는 사람들이 영어와 한국어, 몸짓과 손짓으로 대화를 나눌 때도 그는 구석에 앉아 하늘만 바라보았다. 저 멀리 피레네 산맥이 석양에 물들어 있었다. 주황색, 분홍색, 보라색. 아름다운 풍경이었지만 그의 눈에는 아무것도 들어오지 않았다.

밤이 깊어 갔다. 알베르게의 불이 하나둘 꺼졌다. 누군가 알 수 없는 언어로 잠꼬대를 했다. 코 고는 소리와 뒤척이는 소리가 뒤섞였다. 킴스는 깨어 있었다. 배낭 깊숙이 손을 넣어 약통을 꺼냈다. 뚜껑을 열자 작은 알약들이 달그락거렸다. 공황장애와 불면증은 아내가 떠난 뒤 생긴 병이었다. 이 약 없이는 잠들 수 없었다. 약을 삼킨 그는 곧바로 또 다른 약통을 꺼냈다. 당뇨는 더 오랜 지병이었다. 800킬로미터를 걸으면 나을까. 아니, 낫지 않아도 좋다. 끝까지만 걷자.

조심스럽게 침대에서 내려와 밖으로 나갔다. 신발도 신지 않고 맨발로 차가운 돌바닥을 밟았다. 그 감각이 그를 현실에 붙들어 두었다. 벤치에 앉아 자신의 다리 이곳저곳을 조심스럽게 주물렀다. 익숙한 통증이 느껴졌다. 예전부터 무릎 연골이 골치였다. 그래도 걸어야 했다. 이번에는 끝까지 해낼 거다. 하늘을 올려다보았다. 별들이 총총히 떠 있었다. 도시에서는 볼 수 없었던 쏟아질 듯한 무수한 별들. 은하수가 하늘을 가로질러 흘렀다. 아내도 이 별을 보았을까.

8년 전, 처음 이 길을 걸었을 때 아내는 이미 유방암 말기였다. 의사는 남은 시간이 1년 남짓이라고 했다. 그런데도 아내는 환하게 미소를 지었다.

"남편! 1년이면 충분해."

그녀는 예전부터 산티아고 순례길을 꿈꿔왔다.

"우리 그 순례길 가자."

아내의 마지막 소원이었다. 죽기 전에 한 번은 걷고 싶다고 했다. 그래서 무리인 줄 알면서도 왔다. 의사가 한사코 말렸지만 아내는 고집을 피웠다.

"죽으러 가는 거 아니야. 살러 가는 거야."

하지만 며칠 걸어보지도 못하고 돌아가야 했다. 아내의 몸은 단 몇 킬로미터도 버티지 못했다. 그래도 그녀는 행복해했다. 한국으로 돌아가기 전날 밤, 아내는 별을 보며 싱긋 웃었다.

"우리 다음에 다시 오자."

그게 그녀의 마지막 여행이 될 줄은 몰랐다.

"여보, 나 다시 왔어."

휴대폰을 꺼내 사진첩에서 영상 하나를 틀었다. 중학교 2학년 여자아이. 킴스의 딸이 환하게 웃으며 노래를 부르는 모습이 되풀이되었다. 킴스의 눈과 입에 미소가 번졌다. 그때 하늘의 별 하나가 유난히 반짝였다. 첫 번째 날이 그렇게 저물어갔다.

CHAPTER 2

길을 잃다
노란 화살표

숲에서 새 한 마리가 울었다. 맑지만 따뜻한 울음소리. 한국에서는 들어본 적 없는 새의 지저귐이었다. 그 소리에 로저가 눈을 떴다.

그렇게 순례길 걷기 둘째 날이 밝았다. 론세스바예스를 떠나 수비리를 향하는 길. 영화를 만들려면 부지런해야 한다. 가장 먼저 일어나 앞서 걷고, 가장 뒤에서 뒷모습을 담고, 옆에서 그들의 이야기를 담아야 한다. 아날로그 손목시계의 바늘이 새벽 다섯 시 반을 가리켰다. 로저는 어둠 속에서 천장을 올려다보았다. 잠깐 혼란스러웠다. 아, 스페인이다. 순례길이다. 기억이 천천히 돌아왔다. 주위는 아직 어두웠다. 창문으로 희미한 푸른빛이 새어 들었다. 군데군데서 코 고는 소리가 들렸다.

"어젯밤은 정말 뜬눈으로 밤을 지새웠어요. 잠이 들다가도 깨고. 피곤하네요."

로저는 졸린 눈을 억지로 뜨고 카메라 렌즈를 향해 작은 목소리로 속삭였다.

누군가가 뒤척이자 침대가 삐걱거렸다. 몸을 일으키려던 킴스의 허벅지가 비명을 질렀다. 킴스가 자기 허벅지를 손으로 꾹 눌러보니 근육이 돌덩이처럼 딱딱하게 뭉쳐 있었다. 발목을 조심스레 돌리자 거기서도 뚝뚝 소리가 났다. 한동안 누운 채로 천천히 스트레칭을 했다. 굳은 몸이 조금씩 풀리자 그제야 상체를 일으켜 세울 수 있었다.

시선이 배낭 쪽으로 향했다. 주렁주렁 매달린 요리 도구가 오늘따라 유난히 많아 보였다. 어제도, 그제도 저것들이 무릎을 짓눌렀다. 이대로라면 완주는커녕 며칠이나 더 버틸 수 있을지 장담하기 어려웠다. 킴스는 잠시 배낭을 바라보다가 결심했다. 오늘은 순례자들의 짐을 대신 옮겨주는 동키 서비스를 쓰기로 결정했다.

도로시도 어젯밤은 거의 잠을 자지 못했다. 처음 겪는

단체 숙소의 밤은 상상 이상으로 힘들었다. 그렇지만 애써 몸을 일으켜 조심스럽게 배낭을 챙겼다. 다른 사람들보다 좀 더 일찍 출발하고 싶었다. 아직 조용한 알베르게를 나와 헤드랜턴의 불빛에 의지한 채 걸었다. 혼자 걸으며 생각을 정리하고 싶었다. '아빠도 이렇게 새벽에 떠났을까' 하는 질문이 문득 떠올랐다. 그녀가 잠에서 깨어났을 때, 아버지는 이미 없었다.

도로시는 순례자들을 위해 길을 알려주는 순례길 상징의 노란 화살표가 가리킨 방향을 따라갔다. 그런데 이상했다. 30분째 같은 곳을 빙빙 돌고 있었다. 저 나무는 아까도 본 것 같고, 저 바위도 익숙했다.

"화살표가 가리킨 방향은 이쪽이 맞는데……."

가시거리 2미터. 세상이 하얗게 지워졌다. 두려움이 엄습했다. 단순히 길을 잃을지 모른다는 공포가 아니었다. 어린 시절 홀로 방안에 버려진 그때가 되살아났다.

"아무도 없어요?"

목소리가 안개 속으로 흩어졌다. 메아리조차 돌아오지 않았다. 방향 감각이 사라졌다. 여기가 어디인지, 어디로 가고 있었는지조차 희미해졌다. 오디션장을 전전하며 길을 헤매던 지난 5년의 삶이 떠올랐다. 누구도 방향을 알려 주지 않았다. 유일한 이정표인 듯 '넌 안 돼'라는 말만 박혀 있던 시간들이었다. 도로시가 손을 뻗었다. 손끝조차 보이지 않았다. 안개가 폐 속으로 스며들었다. 차갑고 축축한 공기. 헤드랜턴 불빛이 허옇게 번졌다. 뒤를 돌아보니 자신이 걸어온 길도 사라져 있었다. 사방이 우윳빛 벽이었다. 어디선가 나뭇가지 부러지는 소리가 들렸다. 도로시는 숨을 멈추고 귀를 기울였지만 아무 소리도 들리지 않았다. 자신의 숨소리만 귓속에서 울렸다. 오히려 그 고요함이 더 무서웠다.

도로시는 빨리 해가 뜨길 바랐다. 혼자라는 게 이렇게 두려운 줄 몰랐다. 서울에서는 늘 혼자였는데. 혼자인 게 익숙했는데. 왜 여기서는 이렇게 무섭지? 그때, 바로 눈앞에서 고양이 한 마리가 길을 가로질렀다.

"엄마야!"

뒤로 자빠지듯 몸을 웅크렸다. 순례길 곳곳에서 흔하게 마주치던 작은 고양이였다. 그때 안개를 뚫고 한 줄기 불빛이 다가왔다. 로저였다. 카메라를 들고 안개 속을 헤매던 차였다. 그도 길을 잃은 상태였다. 출발은 했는데 도착지가 보이지 않고, 열심히 걷는데 풍경이 바뀌지 않는다. ‘방향은 맞는 것 같은데, 왜 제자리지? 내 인생이랑 똑같네.’ 로저는 쓴웃음을 지었다. 서울에서도 그랬다. 대학을 졸업하고 4년 동안 나름대로 열심히 살았다. 매일 밤을 새서 영상을 만들고, 편집하고, 업로드했다. 그런데 왜 아직도 여기지? 왜 아직 구독자 1만 명이지? 왜 아직 반지하지?

안개가 짙었다. 고작 2미터 앞도 보이지 않았다.

‘터널 속 같아. 끝이 안 보여.’

그때 빠른 걸음 소리가 들리더니 헤드랜턴 불빛이 어둠을 가르며 다가왔다.

“로저?”

“엄마야, 도로시!”

로저도 놀라며 뒤로 한 발짝 물러섰다.

“정말 다행이야. 반가워요!”

“화살표가 이쪽 길로 가라고 해서 왔는데…….”

“저도 그걸 믿고 왔죠. 그런데 30분째 같은 자리예요.”

두 사람은 함께 걸어보았지만 역시 처음 출발했던 곳으로 되돌아왔다. 안개가 점점 짙어졌다. 그때 익숙한 목소리와 함께 또 다른 불빛이 나타났다. 킴스였다.

"다들 여기 있었네."

"오, 셰프님! 30분째 여길 헤매고 있었어요."

킴스가 주위를 둘러보았다. 안개 속에서도 그의 눈은 차분했다. 그러다 벽에 붙어 있는 화살표를 발견했다. 표지판에 달린 화살표와는 반대 방향이었다. 킴스가 표지판의 화살표를 슬쩍 건드리자 방향이 쉽게 돌아갔다.

"저기 벽에 보이는 화살표가 진짜예요."

누군가 장난을 친 건지, 바람에 돌아간 건지 표지판의 화살표는 정반대의 길을 가리키고 있었다.

"아하, 이런. 돌아버리겠네요."

로저가 몸을 한 바퀴 돌리며 말했다. 세 사람은 웃으며 이번에는 제대로 된 방향으로 걷기 시작했다. 한참을 걷고 나서야 로저가 눈치챘다. 킴스의 어깨가 어딘가 가벼워 보였다. 그의 손에는 카메라만 들려 있었다.

"셰프님! 배낭은요?"

"동키 서비스. 그렇게 메고 걷다가는 완주보다 병원을 먼저 갈 것 같아서."

같은 시각, 준상은 혼자서 걷고 있었다. 일부러 다른 사람들과 시간을 달리해서 출발했다. 아무도 만나고 싶지 않았다. 누군가 곁을 지나갈 때마다 어깨가 움츠러들었다. 힘들기만 한데, 혜지는 왜 이곳을 오려 했을까. 걸을 때마다 혜지가 떠올랐다. 여자 친구였던. 아니, 지금도? 아니……더 이상 여자 친구라고 부를 수 있는지 모르겠다. 자신 때문에 전부 엉망이 되었다. 하고 싶은 일도, 갖고 싶은 것도, 꿈도 많았는데. 평범했던 대학 생활, 땀 흘리며 웃던 댄스 동아리, 카페 아르바이트에서 만난 혜지. 모든 게 완벽했는데. 정말 이대로 끝일까.

문득 억울함이 치밀어 올랐다. 그 일은 분명 실수였다. 내가 그런 게 아니야. 어쩔 수 없었던 일이야. 혜지를 구하려고 했던 거잖아. 그러나 안개가 앞을 막아섰다. 변명하지 마. 너는 살인자야.

주위에 아무도 없는 것을 확인했다. 앞에도, 뒤에도 사람은 보이지 않았다. 준상은 갑자기 크게 소리를 질렀다. 목소리는 메아리와 함께 금방 안개 속으로 사라졌다.

"나는 순례길로 도망 왔다!"

"새든, 바람이든, 누구든, 날 안다 해도 아는 체 마!"

외침이 점점 작아졌다. 대신 준상은 미친 듯이 춤을 췄다. 몸을 비틀고, 팔을 휘젓고, 온몸으로 뭔가를 뿜어내듯, 미친 사람처럼. 아니, 정말 미친 것인지도 몰랐다. 이 상황 자체가 미친 것이니까. 소리 내어 울고 싶었지만 소리는 나오지 않았다. 목이 막히고 숨도 막혔다.

'이 길을 걸으면 방법이 생각날 거야. 내가 어떻게 해야 하는지. 어떻게 살아야 하는지.'

그때 주머니에서 휴대폰을 꺼내 전원 버튼을 눌렀다. 곧바로 울리는 전화에 화면을 내려다봤지만 준상의 손은 그대로 멈추었다. 혜지다. 손이 떨렸다. 받아야 할까, 받지 말아야 할까. 망설이다가 준상은 다시 휴대폰을 꺼서 배낭 깊숙이 밀어 넣었다.

그때 멀리서 인기척이 들리더니 안개 사이로 실루엣이 서서히 드러났다. 외국인 몇 명, 그리고 그 뒤에 킴스와 로저가 걷고 있었다. 준상은 달아나듯 발걸음을 재촉했다. 다시 평범한 순례자로, 아무 일도 없는 척. 순례자들의 등 뒤쪽에서 해가 서서히 떠오르고 있었다. 안개가 걷히고 세상에 불이 밝혀졌다.

한참을 걷다가 길가의 한적한 곳에 도네이션 트럭이 나타났다.

준상이 먼저 와 한쪽 구석에 배낭을 풀고 앉아 바나나 껍질을 까고 있었다. 뒤이어 도착한 도로시가 작은 나무 의자에 앉아 신발과 양말을 벗고 발바닥 상태를 확인했다. 다행히 물집이 잡히지는 않았다. 킴스는 트럭에 진열된 과일의 신선도를 꼼꼼히 살폈다. 빨간 사과 하나를 집어들어 한입 크게 베어 물었다. 과즙이 입 안 가득 터져 나왔다. 지갑을 꺼내 50유로를 기부 바구니에 넣으며 일행들을 향해 말했다.

"과일들이 전부 싱싱하네. 내가 오늘 기부를 듬뿍 할 테니 맘껏들 드세요."

킴스와 도로시의 모습을 번갈아 카메라에 담던 로저가 킴스를 향해 왼쪽 엄지손가락을 치켜세우며 말했다.

"역시 셰프님."

로저의 카메라가 도로시 쪽으로 방향을 틀었다.

"도로시, 발은 괜찮아요?"

도로시가 고개를 들어 카메라 렌즈를 보고 손을 흔들었다.

"아직은 멀쩡해요."

로저의 카메라가 이번에는 바나나 한 입을 베어 물던 준상을 향해 돌았다.

"어, 올라! 안녕하세요. 혼자 오셨나 봐요?"

준상이 순간 놀라 일어서며 로저에게 다가갔다.

"혹시, 저 찍으셨어요?"

"네, 지금 약 5초?"

"찍지 마세요. 찍은 거 다 지우세요."

준상이 거칠게 카메라를 빼앗듯 낚아채려 하자 로저도 카메라를 몸쪽으로 당기며 목소리를 높였다.

"지금 뭐 하시는 거예요?"

준상도 만만치 않게 맞섰다.

"왜 허락 없이 찍어요. 당장 지워요."

일순간 트럭 주위에 있던 순례자들이 두 젊은 남자의 고성에 얼음이 되었다. 그때 킴스가 두 사람 사이에 조용히 끼어들었다.

"로저, 지워줘요. 당사자가 싫다고 하는데."

"알았어요. 지울게요. 지우면 되잖아요."

로저는 못 이기는 척 화면을 확인하며 뷰파인더를 준상 쪽으로 내밀었다.

"자, 보세요. 여기 5초. 휴지통 비우기."

준상은 영상이 삭제된 것을 눈으로 확인하고 말없이 배낭을 챙겨 자리를 떴다. 로저는 멀어지는 그 뒷모습을 바라보며 한동안 투덜거렸다. 킴스가 사과 하나를 건네며 말했다.

“싱싱하고 달달해요. 먹어봐요.”

모든 상황을 지켜보던 도로시는 천천히 신발 끈을 동여매며 생각했다. 뭔가 숨기는 것이 많은 사람이다.

CHAPTER 3

요리하는 순례자
대파가 문어를 삼켰을 때

수비리의 아르가 강이 내려다보이는 작은 마을의 밤이었다. 지글지글, 프라이팬 위에서 마늘이 익어가는 소리가 알베르게 공용 주방에 퍼졌다. 다른 순례자들이 삼삼오오 모여 간단한 식사를 준비하고 있었다. 파스타를 삶는 사람, 샐러드를 만드는 사람, 와인을 마시는 사람. 각자의 방식으로 하루를 마무리하고 있었다.

킴스도 배낭에서 마을 입구 마켓에서 사온 재료를 꺼냈다. 대파, 문어, 카레 가루, 올리브유, 소금, 후추, 마늘. 30킬로그램이 넘는 배낭에서 재료가 줄줄이 나왔다.

"오늘은 내가 저녁을 대접할게요."

킴스의 선언에 도로시와 로저의 눈이 반짝였다. 800킬로미터를 가는 동안 굶길 순 없다며 킴스가 씩 웃었다. 그러고는 손뼉을 세 번 쳤다. 요리를 시작할 때마다 그가 치는 박수였다. 도마 위에 대파를 올려놓았다. 싱싱한 초록색 대파. 탄력 있는 흰 줄기가 유난히 선명하고 신선해 보였다. 도로시가 손을 들었다.

"셰프님. 도와드릴 일 없을까요?"

"좋아요. 여기 대파의 배를 길게 썰어줄래요?"

도로시가 경쾌하게 대답하며 칼을 집어 들었다. 기타를 잡을 때와는 전혀 다른 어색한 손놀림이었다. 로저가 다가와 자기도 돕겠다며 좁은 부엌에 함께 섰다.

"대파는 순례자한테 딱이에요. 비타민 A, B, C, 철분, 칼슘, 칼륨, 항산화 성분이 들어 있어요. 뼈를 튼튼하게 하고 변비 완화에도 좋죠."

킴스의 눈이 빛났다. 요리를 말할 때의 그는 달랐다. 어깨가 펴지고, 목소리가 단단해지고, 자신감이 넘쳤다. 이것이 그의 영역이었다. 이것만큼은 누구에게도 지지 않았다. 그가 문어를 꺼내 잘게 썰기 시작했다. 칼이 도마 위에서 경쾌하게 소리를 냈다. 톡톡톡톡. 일정한 리듬. 정확한 간격. 7년의 경력이 만들어낸 기술이었다.

"이 사이에 잘게 썬 문어를 넣고……."

"아야"

칼질이 서투르던 도로시가 결국은 손가락을 베었다. 선홍빛 피가 대파 위에 떨어졌다.

"베였어요?"

도로시가 재빠르게 자신의 손을 확인했다. 다행히 상처는 깊지 않았다. 킴스가 다가와 그녀의 손을 살피려는데, 도로시가 손을 등 뒤로 숨기고 웃으며 말했다.

"괜찮아요."

"조심해요."

킴스는 그녀의 말에도 아랑곳없이 배낭에서 밴드를 꺼내 건넸다. 도로시는 잠시 누군가를 떠올렸다. 고사리 같던 자신의 손을 잡고 기타 코드를 쥐여주었을 아버지의 손도 셰프님의 손 같았을까.

킴스가 대파를 팬에 올렸다. 대파가 불에 구워지며 달콤 쌉싸래한 향이 주방 가득 퍼졌다. 곧이어 카레 향, 대파 향, 문어가 익어가는 냄새가 뒤섞였다. 주방을 지나던 다른 순례자들이 냄새를 맡고 고개를 들이밀었다. 독일인, 브라질인, 이탈리아인. 냄새를 따라온 사람들이 금세 옹기종기 모였다.

킴스가 주방에서 요리를 들고 나왔다. 당근 대신 피망, 당면 대신 스파게티 면이 들어간, 스페인산 재료로 만든 잡채였다.

"퓨전 잡채. 스페인과 한국이 만났어요."

외국인들이 젓가락질에 도전했다. 면이 미끄러져 도망가도 그들은 마냥 즐거워보였다. 포크를 건네도 그들은 단호히 거절하며 한국 스타일로 젓가락을 사용하겠다고 대답했다. 식당 안의 순례자들은 국적과 나이를 넘어 하나가 되었다.

누군가 도로시에게 노래를 청했다. 도로시가 토토를 꺼내 자신이 쓴 노래를 부르기 시작했다. 도로시의 마음이 이상하게도 편했다. 이곳에는 노래를 평가하는 사람들이 아니라, 마음으로 들어주기 위해 기다리는 사람들이 있었다. 한 소절마다 진심을 담아 부른 노래가 끝나자 여기저기서 박수가 쏟아졌다. 노래가 끝나고 외국인들이 각자의 휴대폰 카메라로 도로시에게 사진 촬영을 요청해 왔다. 그때 짝, 짝, 짝, 킴스의 박수 소리가 들려왔다.

“자, 오늘의 요리 완성!”

이어서 메인 요리가 접시에 담겨 나왔다. 노릇노릇하게 구워진 대파 속에 문어와 카레의 색이 살짝 비쳤다. 옆에는 따뜻한 병아리콩 수프가 담겨 있었다.

“요리 이름은 ‘대파가 문어를 삼켰을 때’ 입니다.”

로저가 음식을 한입 베어 물었다. 씹던 입이 멈추었다. 고소하고 아삭하고 쫄깃했다. 파와 카레의 향이 완벽한 조화를 이뤘다. 정신없이 자신의 요리를 먹는 사람들의 모습에 킴스가 흥에 겨워 어깨를 들썩이며 노래하듯 외쳤다.

“복해복해 행복해.”

로저가 이 모든 장면을 촬영했다. 춤추는 킴스, 웃는 도로시, 맛있게 익어가는 요리. 이런 순간이 영화다. 화면에는 구독자 수가 아니라 이런 진짜 순간들이 담겨야 한다.

밤이 깊어가며 하늘에서 번개가 번쩍였다. 빗소리가 알베르게 지붕을 두드렸다. 대부분의 순례자들이 잠든 시각, 준상은 홀로 성당에 앉았다. 알베르게의 침대에서는 잠이 오지 않았다.

나무 벤치가 몇 줄 놓여 있고 정면에는 십자가가 하나 걸려 있는 작은 성당이었다. 준상은 신을 믿지 않았지만 여기 말고는 갈 곳이 없었다. 촛불 몇 개가 어둠 속에서 흔들리고 있었다. 주머니에서 손수건을 꺼냈다. 하얀 가장자리에 꽃문양 수가 놓인 천. 혜지가 생일 선물로 만들어준 것이었다.

'힘들 때면 이거 보면서 내 생각해.'

준상에게 혜지의 목소리가 들렸다. 지금 그녀는 뭘 하고 있을까. 얼마나 걱정하고 있을까. 아니, 이미 포기했을까. 준상은 손수건을 가슴에 꼭 쥐었다. 눈을 감으면 그날 밤이 떠올랐다. 비명과 함께 남자가 계단에서 굴러떨어지는 소리. 핏자국. 그 남자를 밀친 자신의 손. 준상은 생각했다. '내가 밀었어. 내가.'

준상은 기도하는 자세를 취해보았다. 그러나 입술은 움직이지 않았다. 그저 무거운 침묵 속에 꼭 감은 두 눈만 파르르 떨고 있을 뿐이었다. 불안함을 떨쳐 버리고 싶었다. 어떻게 빌어야 할지 알 길이 없었다.

촛불이 휘청였다. 어디선가 바람이 불어왔다. 그림자가

벽에 길게 늘어졌다. 준상의 입술이 떨렸다. 말이 목구멍에 걸려 나오지 않았다. 한참을 망설이다가, 그 말이 새어 나왔다.

"사람을 죽였습니다."

문장은 성당의 어둠 속으로 퍼져나갔다. 촛불이 다시 한 번 바람에 거세게 흔들렸다.

"이 두 손으로……."

손을 내려다보았다. 평범한 스물한 살 청년의 손. 거칠지도 않고, 특별할 것도 없는 손. 그 손이 떨렸다. 온몸이 떨렸다. 천둥이 쳤다. 성당 안이 순간적으로 환하게 밝아졌다가 다시 어두워졌다.

용서해 주세요, 입술을 달싹였지만 소리가 나오지 않았다. 제발……. 고개를 떨구고 어깨를 움츠렸다. 촛불이 떨리며 그림자가 춤을 췄다.

그보다 조금 전, 로저는 성당 문 앞에 서 있었다. 잠이 오지 않아 눈을 말똥거리던 중 창밖으로 불빛이 시야에 포착됐다. 성당 쪽인 것 같았다. 어차피 잠도 안 오는데 한번 가 볼까. 로저는 혹시나 영상 감이 될까 싶어 휴대폰을 들고 불빛 쪽으로 향했다. 로저가 문을 살짝 열었을 때 작은 목소리가 새어 나왔다. 준상의 목소리였다.

"제가 사람을…… 죽였어요."

로저는 그대로 얼어붙었다.

"꿈이 아니에요. 어떻게 하면 좋을까요?"

눈물 섞인 울음소리였다. 준상의 어깨가 들썩였다. 로저는 문을 닫고 발걸음을 죽이며 물러났다. 어떻게 해야 하지. 신고해야 하나. 아니면…… 아니야, 잘못 들은 거겠지. 그의 손이 무의식적으로 주머니 속 휴대폰을 만지작거리고 있었다. '이걸 영상으로 담을 수 있다면…….' 순간 그런 생각이 스쳐 지나갔다. 스스로가 무서워진 로저는 빗속으로 걸어 나갔다. 알베르게로 돌아가지 않고 빗물에 젖은 채 한참을 걸었다.

그 광경을 또 한 사람이 보고 있었다. 킴스는 아내의 꿈을 꾸었다. 깨어나니 베개가 젖어 있었다. 쉽게 잠이 올 것 같지 않은 밤, 그도 산책을 나왔다가 성당의 불빛에 이끌렸다. 앞줄에 앉아 울고 있는 청년의 뒷모습이 눈에 들어왔다. 떨리는 등이 보이고 흐느끼는 소리가 들렸다. 그는 준상의 굽은 등을 한참 바라보다가 조용히 성당을 나왔다. 준상을 방해하고 싶지 않았다. 혼자 울어야 할 때가 있다.

빗소리가 계속되는 가운데 밤이 깊어 갔다.

3일째 날. 어김없이 아침이 찾아왔다. 일행은 수비리를 떠나 팜플로나로 향했다. 오늘은 킴스가 배낭을 등에 메고 걸었다. 그는 배낭 없이 걸어보니 해야 할 일을 하지 않은 듯한 느낌이 들었다. 요리 도구도 여전히 주렁주렁 매달려 있었다. 다만, 요리 재료들을 거의 비워 무게가 가벼워졌다. 로저는 카메라를 들어 킴스의 뒷모습을 담았다. 어제는 동키 서비스, 오늘은 다시 배낭. 그래도 발걸음은 어제보다 가벼워 보였다.

걷고 또 걷고, 그렇게 한참을 걸어 도시 입구에 들어서자 아르가 강을 따라 이어지는 길이 나타났다. 물소리가 발걸음을 이끌었다. 강변에 늘어선 플라타너스 아래로 시원한 그늘이 드리워져 있었다. 다리를 건너자 팜플로나 성벽이 나타났다. 좁은 골목마다 타파스 바가 자리하고 있었고, 광장에서는 사람들이 와인을 마시며 웃고 있었다. 성벽을 지나 구시가지를 가로질러 알베르게에 도착했다. 짐을 풀자마자 세 사람은 각자의 방식으로 오후를 보냈다. 로저는 곧장 카페 이루나로 향했다. 시원한 맥주 한 잔을 시켜

놓고 영상 편집을 시작했다. 헤밍웨이가 글을 쓰던 자리에서 영상을 편집하는 유튜버라니, 묘하게 어울리는 그림이었다. 도로시는 광장 이곳저곳을 어슬렁거렸다. 노트를 꺼내 가사를 썼다가 지웠다가, 또 썼다가 지웠다. 광장의 소음이 가사가 될 것 같다가도 막상 글자로 옮기면 어딘가 어색했다. 킴스는 코인 빨래방을 찾아 밀린 빨래를 맡겼다.

저녁이 되자 킴스가 로저와 도로시를 찾았다.

"팜플로나에 왔으면 핀초스를 먹어야지."

킴스가 앞장서서 아까 지나온 골목으로 향했다. 바 카운터 위로 색색의 핀초스가 접시마다 수북이 쌓여 있었다. 도로시가 눈을 반짝였다.

"이게 다 뭐예요? 골라 먹는 거예요?"

"마음에 드는 거 집으면 돼. 나중에 이쑤시개 개수로 계산해."

세 사람은 골목골목을 돌며 바를 옮겨 다녔다. 새우를 올린 것, 하몽을 얹은 것, 엔초비와 올리브를 꽂은 것. 한 입씩 먹을 때마다 새로운 맛이 터져 나왔다. 그날 밤, 세 사람은 구시가지 광장에 모여 앉아 맥주잔을 기울이며 내일에 대해 이야기를 나눴다. 누가 먼저랄 것 없이 잔을 부딪쳤다.

그 시각, 준상은 혼자였다. 편의점에 들러 저녁 한 끼가 될 만한 것들을 이것저것 골라 비닐봉지에 담았다. 알베르게로 돌아가는 길, 쇼윈도 안쪽에 색색의 핀초스가 가지런히 놓여 있었다. 발걸음이 저절로 쇼윈도 쪽으로 향했다. 혜지가 떠올랐다. 같이 왔더라면 저 앞에 서서 뭐가 맛있어 보이냐고 물었겠지. 저 테이블에 앉아 한입 베어 물고는 눈을 크게 뜨며 맛있다고 웃었겠지. 준상은 잠시 그 자리에 서 있다가 다시 걸었다.

내일은 용서의 언덕을 넘는다.

PART 2

걷기

CHAPTER 4

바람 따라 날아갈까
용서의 언덕

파란 하늘빛이 두 눈을 사로잡았다. 어젯밤의 폭풍우는 거짓말처럼 사라지고 비에 씻긴 공기가 흙냄새와 풀내를 머금고 있었다. 4일 차. 팜플로나를 떠나 푸엔테 라 레이나로 향했다. 이 구간에 용서의 언덕이 있다. 아침 일찍 길을 나선 도로시는 걸으며 주머니와 배낭을 연신 뒤졌다.

"뭘 그렇게 찾아요?"

뒤따라오던 킴스가 어느새 도로시 옆으로 다가와 물었다.

"선글라스가 사라졌어요."

"이거 써요. 난 배낭에 하나 더 있어."

킴스가 모자 챙 위에 걸쳐두었던 선글라스를 건넸다.

"아뇨. 괜찮아요."

반사적인 거절이었다. 킴스가 그냥 받으라며 재차 손에 쥐여주려 해도 도로시는 극구 사양하고 고집스럽게 발길을 옮겼다. 얼마 지나지 않아 언덕길이 시작되었다. 가파른 경사에 앞서 걷던 준상이 헐떡였다. 땀이 흐르고 다리가 떨렸다.

"저기 보이는 저 언덕이 용서의 언덕이에요."

킴스가 한쪽 스틱을 들어 멀리 보이는 산등성이를 가리켰다. 완만한 언덕 위로 수많은 풍력 발전기가 천천히 돌아가고 있었다. 그 오른쪽 능선으로 순례자들이 삼삼오오 언덕을 오르고 있었고 정상쯤으로 보이는 곳에 사람 형체의 무언가가 한 줄로 길게 늘어서 있었다.

"저 언덕을 넘으면 모든 걸 용서할 수 있을까요?"

갑작스러운 도로시의 물음에 킴스의 걸음이 느려졌다.

"도로시는 특별히 용서하고 싶은 사람이 있나요?"

도로시가 입술을 깨물었다. 무책임하게 떠난 아버지. 용서해야 할까. 용서하고 싶지 않았다. 그러나 그리웠다.

"아무도…… 아무것도 용서하고 싶지 않아요."

잠깐 침묵이 흘렀다.

"특히⋯⋯."

말하려다 멈추었다. 바람이 스쳐 지나갔다. 아빠, 그 단어가 목까지 올라왔다가 삼켜졌다. 입 밖으로 꺼내면 울음이 터질 것만 같았다. 도로시는 말없이 토토의 케이스를 움켜쥐었다. 아빠로부터 버려진 건 토토도 마찬가지라는 생각이 들었다.

"하하, 셰프님은요?"

"용서하고 싶은 일도 많고, 용서받고 싶은 일도 많네요."

언덕길을 오르는 거친 호흡 속에 가볍게 던져진 말이었다. 그러나 그 말에 묵직한 무게가 실려 있는 건 느낄 수 있었다. 도로시의 머릿속에 멜로디가 흘렀다. 바람 따라 날아갈까, 모든 기억들이 용서하면 사라질까, 모든 잘못들이 살다 보면 잊힐까, 맘에 남은 상처들이 저 언덕을 넘으면⋯⋯. 바람이 더 세게 불었다. 머리카락이 흩날렸다.

"죄는 용서하기가 참 힘든 것 같아요."

그 순간 도로시의 바로 옆으로 스쳐 지나가던 준상이 움찔했다. 죄라는 단어가 귓속에서 메아리쳤다. 갈비뼈가 안으로 휘는 것 같았다. 숨을 들이쉬어도 공기가 폐에 닿지 않았다. 준상은 배낭을 짊어진 채 거의 뛰다시피 걸어갔다. 그의 등이 점점 작아졌다.

킴스의 휴대폰에서 진동이 울렸다. 딸 수아였다. 통화가 연결되자 수아의 목소리가 곧바로 튀어나왔다.

"아빠, 선생님이 부모님 모시고 오래."

"아빠 지금 해외에 있다고 선생님께 잘 말씀드려."

잠시 침묵이 흘렀다.

"아빠는 왜 맨날 나만 두고 가?"

툭 던지듯 말했지만 목소리 끝이 떨리는 게 느껴졌다. 킴스는 대답하지 못했다.

"그럼 부모님 없다고 할 거야."

미안하다고 말하려는 순간 전화가 툭 끊겼다. 킴스는 한동안 휴대폰을 손에 쥔 채 서 있었다. 아차 싶었다. 나를 찾겠다고 딸아이를 혼자 둔 거였다. 처음 아내와 함께 왔을 때도, 선배와 왔을 때도, 그리고 지금 이 순간도, 수아는 늘 혼자였구나. 어릴 때부터 외할머니와 가깝게 지내니 괜찮은 줄만 알았다. 후회가 밀려왔다.

딸의 뼈 있는 한마디에 순례길을 걷는 이유가 모두 퇴색

되고 말았다. 딸에게 들려주고 싶은 이야기를 만들겠다고 온 길에서, 처음부터 커다란 벽에 부딪힌 기분이었다. 아내가 힘들 때도 바빠서, 수아가 무서울 때도 바빠서. 그리고 지금은 딸 혼자 두고 나 살자고 800킬로미터를 걷고 있었구나.

순간 발이 떨어지지 않았다. 걸을 수가 없었다. 하지만 돌아갈 수도 없었다. 내가 나로 바로 서야 딸과의 관계도 비로소 바로 설 수 있다는 것을 느끼고 있었기 때문이다. 이 길을 완주해서 언젠가 수아와 함께 다시 걷고 싶었다. 잠시 머릿속이 하얘졌다가 다시 정신을 차렸다. 그때 도로시가 조심스럽게 물었다.

"따님이 사춘기인가 봐요?"

사춘기. 그렇다. 수아는 스스로 자신이 사춘기라고 했다. 자꾸만 아빠 말을 듣기 싫고 멀어지고 싶다고 했던 딸의 편지가 생각났다. 그때는 솔직하게 말해줘서 고맙다고만 했었다. 정작 그 말 뒤에 숨겨진 것을 읽지 못했다.

"어쩌면 아빠가 가장 필요한 순간이 지금일지도 몰라요."

도로시의 말에 또 한 번 무너졌다. 정말 용서를 구해야 할 대상이 바로 딸 수아였구나. 킴스는 한동안 말이 없었다. 바람이 세차게 불어와 킴스가 쓴 모자가 벗겨져 날아갔다. 뒤따르던 로저가 모자를 주워 들고 킴스를 향해 손을 흔들며 반갑게 외쳤다.

"올라!"

마침내 용서의 언덕에 도착했다. 바람이 온몸을 때려 로저는 자칫 뒤로 밀려날 뻔했다. 눈을 뜰 수조차 없었다. 머리카락은 마구 휘날리고 옷이 펄럭이며 살을 때렸다. 숨을 크게 쉬려고 입을 벌리자 바람이 입속으로 마구 밀려 들어왔다. 그런데 웃음이 났다. 살아 있다는 게 실감 났다. 힘차게, 거칠게, 살아 있었다. 로저는 멀리 풍력 발전기를 촬영하면서 생각에 잠겼다. 용서라니. 나는 누구를 용서해야 하는 걸까.

사업 실패 후 무너져 내린 아버지. 병원 침대에 누워 있는 아버지. 아버지를 용서해야 하나. 아니, 아버지는 잘못이 없다. 그냥 운이 나빴던 거다.

그러면 용서해야 할 건 자신인가. 서른이 되도록 아무것도 이루지 못한 나. 아버지 병원비도 못 내는 나. 엄마를 쉬게 해주지 못하는 나. 로저는 자신을 용서해야 한다는 걸 알았다. 부족한 나를, 아직 아무것도 아닌 나를.

풍력 발전기가 천천히 돌아갔다. 하늘은 높았고 시원한 바람이 불어왔다. 세 사람은 정상에 서서 서로를 바라보며 눈웃음을 지었다. 말은 없었지만 눈빛으로 충분했다. 여기까지 왔다. 해냈다. 풍력 발전기들이 돌아가는 풍경, 바람에 휘날리는 순례자들. 로저는 카메라를 잠시 내리고 그냥 바람을 맞았다. 언덕의 정상에는 지팡이를 짚고 걷는 사람, 말을 탄 사람, 짐을 진 사람 등 수백 년간 이 길을 걸어온 순례자들의 모습을 형상화한 금속 조형물이 언덕의 상징처럼 서 있었다.

준상도 다른 사람들과 떨어져 혼자 바람의 언덕에 섰다. 두 팔을 벌려 바람을 온몸으로 받으며 눈을 감았다. “용서해 줘. 제발.” 준상은 자기가 내뱉고도 누구에게 하는 말인지 몰랐다. 그 남자에게? 혜지에게? 자기 자신에게?

카페 아르바이트를 함께하며 알게 된 혜지는 준상의 첫사랑이었다. 준상은 그녀를 처음 본 순간을 기억한다. 점심 러시가 끝난 조용한 오후, 그녀가 카페 문을 열고 들어왔다. 햇살이 뒤에서 역광으로 비쳐 얼굴이 잘 보이지 않았다. 그래도 부드러운 미소를 띠고 있다는 건 알 수 있었다.

"아르바이트 아직 구하세요?"

그때부터 가슴이 떨렸다.

그렇게 혜지와 같은 타임에 일하게 되었다. 산티아고 순례길을 가기 위해 아르바이트를 한다고 했다. 혜지의 버킷 리스트라고 했다. 준상은 그때 산티아고 순례길이 무엇인지도 처음 알았다. 혜지는 웃음이 많았고, 웃을 때면 눈이 초승달처럼 휘어졌다. 그 웃음 앞에 서면 세상의 걱정이 멈추었다. 처음 느껴보는 사랑이었다.

그리고 그날. 아르바이트비를 털어서 안개꽃에 빨간 장미가 수줍게 숨어 있는 꽃다발을 샀다. 가슴이 터질 것 같았다. 널 좋아해. 아니, 널 사랑해. 어떤 말이 좋을까. 저녁 어스름이 깔릴 때쯤 준상은 혜지네 집 앞 골목길에 섰다. 꽃다발을 등 뒤로 숨긴 채였다. 곧 혜지가 나올 시간이었다. 그때 비명이 들렸다. 골목 안쪽, 가로등 불빛이 닿지 않는 어둠 속에서.

"살려줘! 제발!"

혜지의 목소리였다. 준상은 뛰었다. 남자가 혜지를 벽에 밀어붙이고 폭력을 휘두르고 있었다. 헤어진 후에도 집

요하게 따라다닌다던, 이제는 스토커가 된 전 남자 친구가 확실했다. 꽃다발을 남자 쪽으로 있는 힘껏 던졌다.

"이 새끼가!"

준상은 생각할 틈도 없이 뛰어들어 온 힘을 다해 남자를 밀었다. 무용을 전공했기에 몸은 유연했지만 싸움을 해본 적은 없었다. 남자가 비틀거렸다. 준상은 그곳이 계단 위라는 걸 미처 보지 못했다. 한 칸, 두 칸, 세 칸, 그 남자가 굴러떨어졌다. 둔탁한 소리와 함께 그의 머리가 바닥에 부딪혔다. 피가 빠르게 흐르며 콘크리트 위로 검붉게 퍼져나갔다. 남자는 움직이지 않았다.

혜지가 비명을 질렀다. 준상은 얼어붙었다. 꽃다발이 피웅덩이 옆에 떨어져 있었다. 장미 꽃잎이 핏물에 젖어 검게 변해가고 있었다. 준상은 멍하니 자신의 손을 내려다보았다. 방금 사람을 민 손. 사람을 죽인 손이었다. 혜지가 두 팔로 온몸을 감싼 채 떨고 있었다. 준상은 혜지를 꼭 안아 겨우 안심시키고 반강제로 집에 돌려보냈다.

그제야 다리가 움직였다. 도망쳤다. 새벽까지 거리를 헤맸다. 머릿속이 하얘져 아무 생각도 나지 않았다. 발이 저절로 움직였다. 멈추면 주저앉을 것만 같았다. 혼자서 감당하기에는 너무 큰 일이었다. 어디론가 도망쳐야 한다. 서울, 이곳에서는 아무것도 해결할 수 없을 것 같았다. 새벽 4시, 집에 들러 허겁지겁 여권과 배낭을 챙겨 나왔다. 그렇게 인천공항 출국장 앞에 섰다. 언제, 어떻게 여기로 왔는지 기억도 나지 않았다. 전광판을 올려다보았다. 수많은 비행기가 수많은 목적지로 향하고 있었다. 도쿄, 방콕, 파리, 뉴욕, 마드리드. 그때 혜지의 목소리가 떠올랐다.

"언젠가 산티아고 순례길 걸어보고 싶어."

혜지는 800킬로미터를 걷다 보면 무언가 찾을 수 있을 것 같다고 했다.

"뭘 찾으려고?"

"나? 아직 못 찾은 이야기. 내 안에 있는데 아직 못 꺼낸 이야기."

그러면서 시간이 나면 둘이 함께 가자고 했다. 그런데 지금, 혼자다. 손이 저절로 움직였다. 마드리드행 티켓을 샀다. 혜지와 연결된 유일한 곳, 혜지가 꿈꾸던 곳으로 가보자.

미안해. 당분간 어디 좀 다녀올게.

그렇게 혜지에게 문자 하나만 남긴 채 준상은 가장 먼 곳으로 떠났다.

눈이 시릴 정도의 바람이 킴스의 얼굴을 스쳤다. 내리막 길은 험하고 자갈이 미끄러웠다. 킴스의 발목부터 다리 전체에 무리가 오기 시작했다. 무릎 통증도 간헐적으로 신호를 보냈다. 그러나 그는 티를 내지 않았다. 아직 800킬로미터 중 100킬로미터도 걷지 않은 상태였다. 그때 앞에서 비명이 들렸다. 소리가 난 방향으로 고개를 들어보니 한 외국인 순례자가 넘어진 채 발목을 잡고 고통스러워하고 있었다. 론세스바예스 알베르게에서 만난 금발 일본인 유키였다.

킴스가 달려가 유키의 발목 상태를 확인하고 재빠르게 배낭에서 붕대와 파스를 꺼냈다. 그는 항상 이런 것들을 준비하고 다녔다. 도로시도 다가와 물을 건넸다. 유키는 킴스와 도로시를 번갈아 보며 연신 고개를 숙였다. 어설픈 발음으로 "고맙습니다"라고 몇 번이고 되풀이했다. 그녀는 킴스의 부축을 받으며 조심스럽게 일어나 걸음을 내디뎠다. 그런데 몇 걸음 못 가 유키는 걸음을 멈추더니 한사코 혼자 걸을 수 있다고 했다. 그러면서 자신은 신경 쓰지 말고 먼저 가라며 손사래를 쳤다. 킴스는 유키에게 파스를 건네며 말했다.

"부엔 까미노."

순례길에서 누군가와 마주치면 나누는 인사로 '좋은 길 되세요'라는 뜻이다. 유키도 환하게 웃으며 화답했다.

"부엔 까미노."

해가 기울 무렵, 뿌엔떼 라 레이나에 도착했다. 석양이 강 위에 놓인 아치형 다리를 붉게 물들이고 있었다. 돌 하나하나가 황금빛으로 빛났다. 도로시는 발밑의 돌을 뚫어지게 보았다. 얼마나 많은 사람들이 오고 갔을까. 크고 작은 돌들이 긴 세월 동안 헤아릴 수 없이 많은 발걸음에 밟히고 밟혀 코팅을 해 놓은 듯 반들반들했다. 토토도 아빠와 도로시의 손길이 닿아 이렇게 반들반들해져 있었다.

킴스는 신기해하는 도로시를 보며 딸을 떠올렸다. 우리 딸 수아도 왔으면 저랬을까. 알베르게에 짐을 풀고 제일 먼저 딸 수아에게 장문의 메시지를 썼다. 미안하다는 말로 시작해서 왜 이 길을 걷고 있는지, 돌아가면 뭘 해주고 싶은지. 쓰는 데 한참이 걸렸다. 보내기 버튼을 누르고 나서야 배낭을 열었다.

로저는 용서의 언덕을 넘으며 촬영한 영상을 한참 돌려봤다. 산 정상에 선 다양한 사람들의 표정과 멀리 거대한 풍력 발전기가 쉼 없이 돌아가는 모습을 번갈아 보았다. 가장 인상 깊은 순례자는 예순이 넘어 보이는 노인이었다. 등에 멘 산소통과 연결된 호스로 산소를 공급받으며 용서의 언덕을 오르고 있었다. 그의 옆에는 부인으로 보이는 여인이 손수건으로 연신 그의 이마에 흐르는 땀을 닦아주고 있었다. 그 장면에서 로저는 한동안 눈을 떼지 못했다. 병원 침대의 아버지와 그 곁을 지키는 어머니가 겹쳐 보였다.

다음 날 걷기 6일 차 아침, 시내에 도착해서도 꼬박 한나절을 더 걸어 지쳐 있는 일행 앞에 드디어 이라체 수도원이 나타났다. 천 년이 되었다는 수도원 벽에는 두 개의 수도꼭지가 붙어 있었다. 하나에는 물방울 그림이, 다른 하나에는 포도 그림이 그려져 있었다.

"와인 분수예요. 포도 그림 쪽에서 와인이 나와요. 무료로."

킴스가 말했다. 도로시가 달려가 수도꼭지를 틀자 붉은 액체가 졸졸 흘러나왔다. 진짜 와인이었다.

그때 킴스가 옆을 빠르게 지나치던 준상을 불러 세웠다.

"이봐요. 와서 와인 한잔하고 가요."

준상이 순간 발걸음을 멈췄다. 그냥 지나쳐야 한다고 생각하면서도 발이 움직이지 않았다. 잠시 망설이다 어색하게 일행 쪽으로 다가갔다. 킴스가 컵을 내밀었다. 로저는 며칠 전 일을 의식한 듯 카메라를 조용히 내려놓았다. 준상도 그 작은 배려를 눈치챘지만 아무 말 하지 않았다.

네 사람이 모두 컵을 채웠다. 킴스가 티 나지 않게 분위기를 띄우려 먼저 컵을 들었다.

"건배할까요?"

"부엔 까미노."

지금 이 순간만큼은 이 와인이 세상에서 가장 맛있었다. 걸어서 얻은 것이니까. 함께 마시는 것이니까. 준상은 와인을 홀짝였다. 이상하다. 이 사람들과 있으면 왠지 조금 편해지는 것 같다. 하지만 편해지면 안 된다. 가까워지면 안 된다. 준상은 속으로 되뇌었지만 와인이 목을 타고 내려갈 때마다 차가웠던 가슴은 조금씩 녹는 것 같았다.

잠들 수 없는 밤
베드버그 소동

벽이 숨을 쉬는 것 같았다. 에스테야의 알베르게. 오래된 수도원을 개조한 건물이었다. 천장이 높고 벽이 두꺼웠다. 어딘가 음침한 기운이 감돌았다. 수백 년 전 수도사들이 기도하던 곳, 그 기도의 흔적이 벽에 스며 있었다. 도로시는 아래층 침대를 골랐다. 위층은 싫었다. 혼자 높은 곳에 있으면 심장이 빨라지고 손바닥에 땀이 찼다. 어릴 때부터 그랬다.

옆에 세워둔 기타 케이스를 무심결에 어루만졌다. 토토가 옆에 있으면 안심이 되었다. 사람은 떠나지만, 토토는 떠나지 않으니까. 불이 꺼지자 알베르게 전체가 어둠에 잠졌다. 코 고는 소리가 여기저기서 들렸다. 피곤했지만 잠이 오지 않았다. 서울의 좁은 원룸이 그리웠다. 아무도 없고 조용한, 그 누구도 들어오지 않고 누구도 떠나지 않는 방이 떠올랐다.

한 시간쯤 지났을까. 새벽 2시, 어둠 속에서 도로시의 눈이 번쩍 떠졌다. 간지러웠다. 팔, 다리, 목에서 무언가가 피부 위를 기어다니고 있었다. 수십 개의 작은 발들이 살갗 밑으로 파고드는 것 같았다. 손으로 팔을 긁적였다. 손끝에 작고 납작하고 움직이는 무언가가 잡혔다. 살아 있었다.

톡.

"으악!"

비명이 터졌다. 침대에서 벌떡 일어났다. 온몸에 소름이 돋았다. 떨리는 손으로 침대를 휴대폰 불빛으로 비춰보았다.

"베드버그다!"

순식간에 알베르게가 아수라장이 됐다. 도로시는 짐을 챙길 생각도 못 하고 복도로 뛰쳐나왔다. 온몸에 벌레가 기어다니는 것 같았다. 옷을 다 벗어버리고 싶었다. 로저도 뛰쳐나왔다. 그도 벌레에 물려서 가려워 미칠 지경이었지만, 몸을 긁어대면서도 한 손으로는 카메라를 들고 있었다. 이거야말로 순례길의 진짜 공포였다. 조회 수가 터질 소재다. 베드버그로 초토화된 순례길 현장을 생생하게 기록하자. 손가락이 녹화 버튼 위에 올라갔다. 병원 침대에 누워 있는 아버지의 얼굴이 떠올랐다. 머릿속에 엄마의 목소리가 울렸다. '아들, 병원비가 모자라.'

구독자 현황이 머릿속에서 계산되었다. 현재 1만 9,000명, 목표는 33만 명. 남은 시간은 28일.

"셰프님, 제 등 좀 찍어 주실래요?"

로저가 킴스의 손에 강제로 카메라를 건네고 상의를 들어 올려 벌레에 물린 쪽을 보여주며 부탁했다.

"이 상황에서?"

"순례길 알베르게, 베드버그에 초토화된 현장. 조회 수 적어도 10만은 터질 거예요."

얼떨결에 카메라를 받아 든 킴스가 로저의 등을 촬영하다가 중단했다. 가려워서 고통스러워하는 도로시가 눈에 들어왔다.

"이걸 찍을 상황이 아닌 것 같아."

카메라를 로저에게 돌려준 그는 배낭에서 약을 꺼내 도

로시에게 다가갔다.

“이 약 발라봐요.”

“감사합니다, 셰프님.”

도로시는 킴스에게 약을 건네받아 곧바로 화장실로 달려갔다. 거울 속에 비친 자신의 모습은 그야말로 비참했다. 헝클어진 머리며 목 주변에 벌레에 물려 붉게 부어오른 자국이 선명했다. 킴스가 준 약을 물린 부위에 바르며 한숨을 내쉬었다.

멀찌감치 떨어진 침대 2층에서는 준상이 베드버그에 물려 가려운지 연신 등을 침대 기둥 모서리에 대고 문지르고 있었다.

로저는 손을 힘겹게 등 쪽으로 가져가 가려운 등을 긁어대면서도 이불 속과 베개 속을 뒤져가며 베드버그의 현장을 담아내기 위해 열을 올렸다. 킴스가 말린 끝에 로저는 겨우 촬영을 멈췄다. 일행은 알베르게 주인의 사과를 받고 도망치듯 밖으로 나왔다. 밤공기는 차가웠고 하늘엔 별이 쏟아졌다.

배낭을 챙겨 나온 일행은 알베르게 앞에 서서 서로를 바라보았다. 누가 먼저랄 것도 없이 웃음이 터졌다. 한 번 터진 웃음은 멈추질 않았다. 밤길에 떠도는 순례자 세 명. 생각할수록 웃겼다.

"이젠 어떻게 해야 할까요?"

도로시가 걱정스럽게 묻자 셋은 서로를 번갈아 바라봤다.

"제가 알아볼게요."

로저가 앞장서 오늘 밤을 해결할 알베르게를 찾아 나섰다. 걸으면서 카메라를 배낭에 집어넣었다. 처음에 뭘 찍고 싶었는지도 잊어버리고 있었다.

그때 멀리 이들보다 먼저 밖으로 뛰쳐나와 가로수에 등을 비비고 있는 한 젊은 남자의 모습이 달빛에 비쳤다. 준상이었다.

"여기서 뭐 해요?"

로저가 반가우면서도 놀라 물었다. 준상은 재빠르게 나무에서 떨어져 나와 머리를 긁으며 답했다.

"베드버그 때문에."

눈앞의 세 사람이 왜 밖에 나와 있는지는 묻지 않았다. 사실 준상은 한국 사람들 곁에서 눈을 감을 수 없었다. 잠꼬대로 무슨 말을 할지 몰라 두려워 항상 한국인과는 거리를 두고, 외국인들 곁에서 잠을 청하던 준상이었다. 반가웠지만 가까이 자면 안 된다는 마음이 들었다. 하지만 어느새 준상도 일행의 뒤를 따르고 있었다. 킴스가 마을 광장 한쪽을 가리켰다. 작은 성당이었다. 안에서는 희미한 불빛이 새어 나오고 있었다.

네 사람은 성당으로 향했다. 무거운 나무문을 밀고 들어서자 촛불 몇 개가 어둠 속에서 일렁였다. 베드버그 소동이 거짓말처럼 느껴질 만큼 고요했다. 안에서 흰옷을 입은 노인이 나왔다. 성당을 지키는 수도사라고 했다. 킴스가 상황을 설명하자 수도사는 고개를 끄덕이며 미소 지었다. 웰컴, 페레그리노.

수도사는 한쪽 방을 안내해 주었다. 작은 방이었지만 다행히 매트리스 몇 개와 담요가 있었다.

"처음으로 우리 넷이 같이 있네요."

몇 번 얼굴을 익힌 터라 친근감을 표하려 로저가 말했다.

'우리 넷'이라는 말이 따듯하면서도 불안했다. 그동안 준상은 늘 떨어져 있었다. 혼자 걷고, 혼자 먹고, 혼자 잤다.

도로시가 이름을 물었다. 잠시 망설였다.

“준상. 권준상이요.”

도로시가 다시 한번 몇 살이냐고 묻자 작은 목소리로 스물한 살이라는 대답이 돌아왔다. 준상은 여전히 눈을 마주치지 않았다.

“그날 일은 미안했어요.”

준상은 아무런 대답을 하지 않았다.

“혼자 왔어요?”

로저가 이어 물었다.

“네.”

짧은 외마디에 더 이상 묻지 말아 달라는 묵직한 감정이 담겼다. 준상은 혼자여야 한다고, 가까워지면 안 된다고 거듭 다짐했다. 자신이 뭘 했는지. 어떤 인간인지 알게 되면 끝이다.

“배고프지 않아요?”

킴스가 배낭에서 작은 봉지를 꺼내며 말했다. 봉지에서 말린 건포도와 살구, 아몬드, 호두 같은 것들이 나왔다. 킴스 쪽으로 뻗던 준상의 손이 잠시 멈추었다. 받으면 빚이 생긴다. 빚을 지면 안 돼. 하지만 배가 너무 고팠다. 그리고 그들의 눈이 따뜻했다. 조심스럽게 손을 넣어 조금만 집었다.

"더 먹어요."

"……감사합니다."

준상은 건포도와 아몬드 몇개를 입에 넣고 아주 천천히 씹었다. 달콤하면서 고소한 맛이 입 안 가득 번졌다.

창밖으로 별빛이 쏟아져 들어왔다. 스테인드글라스를 통과한 별빛이 바닥에 무늬를 만들었다.

"어떻게 오게 됐어요?"

로저가 묻자 준상은 금세 표정이 굳었다.

"……그냥요. 걷고 싶어서요."

목소리가 떨렸다. 로저는 더 이상 캐묻지 않았다.

"로저입니다. 이 순례길을 다큐멘터리로 만들고 싶어서 왔어요."

"손수건. 기억나죠? 도로시라고 해요."

"괜찮으면 앞으로 같이 걸어요. 킴스라고 불러요."

묻지도 않았는데 마치 약속이라도 한 듯 일행은 준상에게 자기소개를 했다.

준상은 맘 편히 자기 이야기를 하는 이들이 부러웠다.

활짝 웃는 도로시에게서는 혜지의 얼굴이 잠깐 겹쳐 보였다. 자신은 도망을 온 거라는 말이 목구멍까지 올라왔지만 다시 삼켜졌다. 그 말은 단단한 덩어리처럼 내내 목에 걸려 있었다. '왜 이렇게 다정한 거지. 나는 그럴 자격이 없는데' 하는 생각이 준상의 머릿속을 복잡하게 채우고 있었다.

지나친 관심이 부담될 것이라는 걸 눈치챈 킴스가 자신의 이야기로 분위기를 바꿨다.

"이 길은 혼자 왔다가도 같이 걷는 길이에요."

그 말에 준상도 로저와 도로시도 선뜻 이해가 가지 않는 표정으로 킴스를 바라봤다.

"같이 와도 혼자 걷는 길이기도 하고."

점점 어려운 말이었다.

밤이 깊어 갔다. 도로시는 기타 케이스를 안고, 로저는 카메라를 가슴에 품고 잠들었다. 킴스는 벽에 기대어 앉은 채 눈을 감았다. 완전히 눕지는 않았다. 수아가 어제 보낸 메시지를 아직 읽지 않고 있는 것이 내내 맘에 걸렸다.

킴스는 잠이 든 로저와 도로시의 모습을 물끄러미 바라보았다. 자신은 이들 나이에 오로지 앞만 보고 달렸다. 지난날들이 후회로 밀려왔다. 준상은 한참 동안 잠이 오지 않았다. 천장을 멍하니 보았다. 촛불 그림자가 춤을 추고 있었다. 그런데 오늘 밤은 덜 무서웠다. 옆에 누군가가 있어서인지, 혼자가 아니어서인지. 그들의 숨소리가 들렸다. 규칙적인 숨소리. 살아 있는 사람들의 숨소리. 새벽빛이 창문으로 스며들 무렵 자신도 살아 있다는 사실을 온몸으로 느끼며 준상도 잠이 들었다. 오랜만에 꿈을 꾸지 않은 밤이었다.

CHAPTER 6

여기서 멈춰야 할까

토토가 부서졌다

7일째. 로스 아르코스에서 로그로뇨까지 28킬로미터. 지금까지 가장 긴 거리였다. 아침부터 로저가 연신 등을 긁어댔다. 베드버그에 물린 자국이 미치도록 가려웠다. 마침 앞서 걷던 도로시가 눈에 들어왔다.

"정말 미안한데…… 등에 약 좀 발라줄래요?"

"제가요?"

"베드버그에 물린 데가 가려워서 미치겠어요."

도로시의 눈이 동그래졌다.

"저는 못해요."

"오죽하면 부탁하겠어요. 제발."

웃옷을 들어 올려 등을 보여줬다. 빨갛게 부어오른 자국이 여기저기 있었다. 도로시는 잠시 움찔했지만 로저의 애처로운 표정에 결국 손을 내밀었다. 연고를 건네받아 손가락 끝으로 조심스럽게 약을 발랐다.

"고마워요."

"아니 뭐……."

"도로시, 남자 친구 없죠?"

약을 바르던 도로시의 손이 멈췄다.

"……갑자기요?"

"느낌이 그래요."

순간 도로시의 눈빛이 싸늘해졌다.

"느낌으로 사람을 판단하지 마세요."

벌떡 일어나 뒤도 안 돌아보고 걸어갔다. 로저가 미안하다고 외쳤지만 도로시는 대답 없이 저 멀리 걸어가 버렸다.

킴스가 다리며 허리, 몸 상태를 확인했다. 좋지 않았다. 어젯밤부터 무릎 통증이 더 심해졌지만 티를 내지는 않았다. 아침부터 하늘이 흐렸다. 바람이 볼을 스칠 때마다 싸늘한 기운이 살갗을 파고들었다. 도로시는 기타 케이스를 어깨에 멘 채 걸었다. 토토가 무거웠다. 배낭도 무거웠다.

발도 아팠다. 그럼에도 한 발, 또 한 발 걷는 것밖에는 할 수 없었다.

포도밭이 지평선까지 이어져 길의 끝이 보이지 않았다. 초록 덩굴이 줄지어 언덕을 덮고, 그 사이로 아침 안개가 느릿느릿 피어올랐다. 일행은 길가의 작은 와이너리에서 잠시 쉬어가기로 했다. 주인 할아버지가 시음용 와인을 내왔다. 1962년부터 3대째 가업을 잇고 있다고 했다. 짙은 루비색 와인이 담긴 유리잔에서 진한 포도 향이 올라오자 도로시는 코끝으로 스며드는 향만으로도 취하는 듯했다. 킴스는 맛있다며 엄지손가락을 치켜세우고는 연거푸 세 잔을 비웠다. 로저는 그 모습이 재미있는지 두 사람을 열심히 카메라에 담았다.

그들은 와이너리에서 나와서도 한 시간 남짓을 걸어서야 겨우 포도밭을 벗어날 수 있었다. 언덕길을 올라 내리막길이 시작되자 길이 좁아졌다. 한 사람이 겨우 지나갈 정도. 자갈이 많고 내리막 경사가 급했다. 어젯밤 비가 와서 돌이 젖어 있었다. 도로시는 반 잔밖에 마시지 않았는데도 몸이 나른했다. 술기운인지, 방금 언덕길을 올라온 탓인지 평소보다 심장 박동도 빨라진 게 느껴졌다.

그때였다. 도로시가 걸음을 늦췄다. 배낭을 내리고 기타 케이스를 열기 위해서였다. 불현듯 멜로디가 떠올랐다. 토토로 잡아두지 않으면 이내 사라질 것 같았다.

"잠깐만요, 여기 위험해요."

킴스의 목소리가 들렸다. 그러나 도로시는 멜로디에 사로잡혀 있었다. 아랑곳하지 않고 케이스를 반쯤 열어 기타의 넥을 잡은 순간, 자갈에 발이 미끄러졌다. 도로시가 넘어지며 손에서 기타 케이스가 빠져나갔다. 케이스가 바위에 부딪혀 열리며 기타가 튕겨 나오는 모습에 도로시는 그만 고개를 돌리며 눈을 질끈 감았다.

쩍.

도로시는 땅에 쓰러진 채 그 소리를 들었다. 기타의 바디가 찢어지는 소리였다. 무릎이 깨질 듯 아팠다. 손바닥에서 피가 났다. 그러나 그런 건 아무것도 아니었다. 오직 그 소리만 귓가를 맴돌았다.

"괜찮아요?"

앞서 걷던 준상이 소리에 놀라 뛰어왔다. 그가 손을 내밀어 도로시의 팔을 잡으려는 순간, 도로시의 몸이 머리보다 먼저 반응했다. 허락하지 않은 남자의 손이 자신을 향해 다가오고 있었다.

“하지 마!”

온 힘을 다해 준상을 밀쳤다. 준상이 뒤로 넘어지며 자갈길을 몇 바퀴 굴렀다. 준상은 말없이 일어나 걸어갔다.

도로시는 땅에 주저앉은 채 그를 보냈다. 미안하다는 말이 나오지 않았다. 준상이 도와주려는 것뿐이었다는 걸 분명 알았는데도 자신이 왜 그랬는지 도로시는 알지 못했다. 한참이 지나 킴스가 조심스럽게 다가왔다.

“도로시, 괜찮아요?”

“토토! 토토는?” 도로시는 그제야 고개를 돌렸다. 바위 옆에 쓰러진 토토. 떨리는 손으로 집어 들었다. 넥이 꺾이고 찢긴 바디의 하얀 속살이 드러나 있었다. 줄들은 힘없이 늘어졌다.

“토토야…….”

부러진 기타를 안고 주저앉았다. 조금만 기다렸다 안전한 곳에서 꺼냈더라면.

“고칠 수 있어요.”

킴스가 조심스럽게 말했지만 도로시는 고개를 저었다.

“이건…….”

말이 끊겼다. 입술이 파르르 떨렸다.

"더 못 걷겠어요."

토토를 부둥켜안고 걷던 도로시가 목적지를 한 시간 남겨두고 자리에 주저앉았다.

"왜 이걸 하고 있는지 모르겠어요."

도로시는 눈물을 옷소매로 훔쳤다.

"그냥 지쳤어요."

아무도 도로시를 탓하지 않았다. 킴스가 주저앉은 도로시에게 손을 내밀었다. 근처 작은 마을의 카페로 자리를 옮겼다. 그녀는 케이스에서 부서진 토토를 꺼내 꼭 껴안은 채 자신의 이야기를 쏟아냈다. 아버지는 뮤지션이었다. 스타가 되겠다고 했지만 성공하지 못했다. 계속 실패하고, 돈도 없고, 엄마와 매일같이 싸웠다. 벽 너머로 싸움 소리, 엄마의 울음소리, 아버지의 고함과 문이 쾅 닫히는 소리 같은 것들이 들렸다. 그러고는 어느 날 새벽, 아버지는 말없이 떠났다. 오직 이 기타, 토토만 남기고 그렇게 사라졌다.

“아빠를 미워했지만 나도 아빠를 닮아 가더라고요.”

말을 마치고 커피잔을 들며 도로시는 순간 놀랐다. 자신의 과거를 다른 누군가에게 술술 털어놓는 건 처음이었다. 도로시가 씁쓸하게 웃었다.

“기타가 부서져도 음악은 부서지지 않아요.”

킴스가 말했다. 도로시는 한참 동안 말이 없었다.

“하루만 더 걸어봐요.”

킴스가 손을 내밀었다. 도로시는 그 손을 내려다보았다. 거칠고 두꺼운 손. 오랫동안 요리를 해온 손. 잠시 망설였다. 오래전 그 일 이후로 남자의 손은 언제나 두려운 존재였다. 그런데 이 손은 달랐다. 도로시는 그 손을 잡고 일어나, 부러진 기타를 다시 조심스레 케이스에 넣었다.

“꼭 고쳐줄게.”

킴스와 도로시, 로저는 카페를 나와 오늘의 목적지를 향해 다시 걸었다.

로저는 토토가 부서지는 순간, 반사적으로 녹화 버튼을 눌렀다. 극적인 장면이었다. 순례길의 어려움과 좌절, 눈물이 다 담겼다. 도로시가 무너지고 아무도 다가가지 못하는 장면은 극적이었다. 이거 터지겠다 싶었다. 구독자들이 좋아할 영상이 분명했다. 미안하지만 이건 기회였다.

하지만 나중에는 자책이 뒤따랐다. '로저, 지금 제정신이야? 구독자 늘리는 방법만 생각하고.' 알베르게로 향해 가는 길 내내 그런 목소리들이 머릿속에서 끝없이 울렸다. 그래도 차마 영상을 지우지는 못했다. 극적인 순간들은 메모리 카드 안에 고스란히 남아 있었다. 일단 찍어두는 거야. 올릴지 말지는 나중에 결정해도 돼. 그렇게 스스로에게 변명했지만 마음 한구석은 여전히 불편했다.

도로시는 잠들지 못했다. 부서진 토토를 가슴에 안은 채 알베르게 침대에 누워 천장을 올려다보았다. 왜 그를 밀쳤을까. 왜 망설였을까, 셰프님 손을 잡는 걸. 남자의 손. 그 단어가 오래전 악몽의 서랍장을 열었다. 이혼, 추행, 새아버지, 손⋯⋯.

부모가 이혼한 건 여덟 살 때였다. 그 후 2년, 어머니는 혼자 일을 하며 도로시를 키웠지만 점점 지쳐갔다. 초등학교 3학년 때 어머니가 재혼을 했다. 새아버지는 처음에 친절했다. 웃음이 많았고 사탕이나 인형 같은 선물을 가져왔다. 그런데 어느 날부터 이상해졌다. 어머니가 야근하는 밤이면 새아버지가 방문을 열고 들어왔다. 착한 아이지? 아빠 말 잘 들어야 해. 한 손엔 사탕. 다른 손은…….

도로시는 눈을 질끈 감았다. 안 돼. 생각하지 마. 그러나 기억은 멈추지 않았고, 어둠 속에서 그 손이 되살아났다. 아무에게도 말할 수 없었다. 어머니에게 말하면 겨우 안정을 찾은 어머니가 무너질 거다. 그래서 아무 일 없는 척 참고 삼켰다. 창고에서 먼지 쌓인 기타를 발견한 건 그 무렵이었다. 토토는 그 시절 도로시의 유일한 친구가 되어주었다. 밤마다 아버지가 남기고 간 기타를 안고 잤다. 기타를 치면 그 손길이 잊어졌다. 음악 속으로 도망칠 수 있었다. 토토라는 이름도 지어줬다. 오즈의 마법사에 나오는 강아지처럼 도로시를 지켜주는 친구.

새아버지는 1년 만에 다른 여자를 만나 떠났고, 어머니는 또 무너졌다. 하지만 도로시에게는 해방이었다. 그 후로 남자의 손이 두려워졌다. 누군가 가까이 다가오면 몸이 먼저 움츠러들었고, 오디션장에서 남자 심사 위원의 눈빛만 봐도 떨렸다. 목소리가 나오지 않았다.

도로시는 그제야 알 것 같았다. 사람들에게 나를 찾고 싶어서 순례길에 왔다고 말했다. 그러나 진짜 이유는 이것이었는지도 모른다. 이 기억에서 도망치고 싶었다. 아니,

마주하고 싶었다. 도망일까, 마주함일까. 부서진 토토를 더
꼭 안으며 노래를 시작했다.

그때였다. 발소리가 들렸다. 킴스가 손에 큰 유리병과
종이봉투를 들고 있었다.
"아직 안 주무셨어요?"
킴스가 옆에 앉더니 유리병을 내밀었다. 후르츠 칵테일,
오렌지, 레몬, 자몽, 딸기를 섞어서 만든 주스에 생강을 살
짝 넣었다고 했다. 한 모금 마시자 달콤하고 상큼한 맛에
목이 시원해졌다. 킴스는 다른 손에 들고 있던 종이봉투도
마저 건넸다.
"찜질팩. 타박상에 좋아요."
"고마워요, 셰프님."
"힘들면 힘들다고, 아프면 아프다고 말해요."
킴스의 위로에 도로시는 눈물이 핑 돌았다. 하지만 울지

않으려 애썼다. "상처도 제때 치료해야 잘 낫고 후유증도 덜해요."

결국 참았던 눈물이 볼을 타고 흘러내렸다. 도로시는 속으로 생각했다. 킴스가 우리 아빠였으면 어땠을까. 이 말을 수아한테도 하겠구나. 그러면 수아는 얼마나 든든할까.

도로시는 종이팩을 든 손으로 킴스의 가슴을 살짝 밀며 말했다.

"셰프님, 따님이 셰프님을 엄청 사랑하는 거 아시죠?"

"우리 딸?"

"아마도 아빠 걱정시키고 싶지 않아서 본인 감정 꾹꾹 누르며 사는 어른일 거예요."

킴스는 알고 있었다. 수아가 아빠 힘들까 봐 자신의 감정을 잘 드러내지 않는다는 것을. 그래서 늘 마음이 아팠다.

"딸들은 특히 그래요."

도로시도 그랬다. 엄마에게는 가급적 아빠 얘기를 하지 않았다. 단 한 가지, 토토만은 버리지 않았다.

킴스가 떠난 후, 도로시는 유리병을 안고 앉아서 찜질팩을 다리에 올렸다. 힘들면 힘들다고, 아프면 아프다고 말해도 되는 거구나. 새아버지 이야기는 아직 누구에게도 말하지 못했다. 그래도 언젠가 말할 수 있을 것이다. 킴스의 손을 잡을 수 있었던 것처럼 한 발씩 내딛다 보면 말이다.

로그로뇨를 지났다. 붉은 포도밭이 끝없이 펼쳐졌다. 나헤라에서는 바위산 아래 수도원을 지나쳤다. 산토 도밍고에서는 성당 안 닭장의 수탉이 울었다. 벨로라도, 아헤스. 이름도 낯선 작은 마을들이 스쳐 지나갔다. 밀밭과 해바라기밭이 번갈아 나타났고, 어떤 날은 뜨겁고 어떤 날은 비가 쏟아졌다. 물집이 잡혔다가 터지고 굳으면서 발이 단단해졌다. 마음은 여전히 무거웠다. 네 사람은 어느새 함께 걷고 있었다. 약속하지 않아도 아침이면 서로를 찾았다. 말이 없어도 괜찮은 사이가 되었다.

PART 3

✳

멈추다

CHAPTER 7

나는 누구일까
메세타 끝없는 평원

12일째, 저 멀리 거대한 고딕 성당의 첨탑이 보이기 시작했다. 첨탑이 하늘을 찌르고 정교한 석조 장식이 햇살에 빛났다. 부르고스, 순례길의 3분의 1 지점. 여기까지 왔다. 성당 안으로 들어서자 스테인드글라스를 통과한 빛이 쏟아졌다. 멍하니 올려다보는 도로시의 얼굴에 빛이 색색으로 부서졌다.

이 빛을 노래로 만들 수 있을까. 멜로디가 떠올랐다. 오랜만이었다. 그러나 마음에는 여전히 무언가가 걸렸다. 며칠 전, 로스 아르코스로 가는 길에 자신이 준상을 밀쳐버린 일. 그 후로 준상은 더 멀리 떨어져 걸었고, 눈도 마주치

지 않았다. 밥을 먹을 때도 멀리 앉았다. 미안하다고 말해
야 해. 그런데 용기가 나지 않았다. 혼자 걷는 준상의 뒷모
습을 볼 때마다, 식당 모퉁이에서 혼자 밥을 먹는 모습을
볼 때마다 그 생각이 더 커졌다.

메세타 13일째. 오늘따라 일행 중 가장 늦게 출발한 준
상은 걷다가 더이상 걷지 못했다. 다리가 아파서가 아니라,
더 이상 한 발도 떼지 못하겠다는 생각이 들었다. 앞에도
뒤에도 사람이 보이지 않았다. 황금빛 밀밭만 끝없이 펼쳐
져 있었다. 바람이 불었다. 밀이 일제히 고개를 숙였다.

준상은 배낭을 내려놓고 길 옆에 주저앉았다. 처음이었
다. 완전히 혼자인 것이. 도망치는 동안에도 공항에도, 비
행기 안에도, 알베르게에도 항상 사람이 있었다. 그런데 지
금 이 평원에는 아무도 없었다. 자신의 숨소리만 들렸다.
그날 밤이 또 찾아왔다. 막으려 해도 소용없었다.

나는 살인자인가.

처음으로 그 질문을 피하지 않고 바라보았다. 정당방위
였다. 그건 맞다. 혜지를 구하려 했다. 그것도 맞다. 그런데
왜 도망쳤나. 정당방위라면 왜 신고하지 않았나. 왜 혜지에
게 문자 하나만 남기고 가장 먼 곳으로 떠났나.

답이 나오지 않았다. 바람이 서서히 잦아들었다. 밀밭이 조용해졌다. 준상은 자신의 손을 내려다보았다. 평범한 스물한 살의 손. 이 손으로 사람을 밀었다. 이 손으로 혜지를 안았다. 이 손으로 꽃다발을 샀다. 그건 모두 같은 손이었다.

주머니에서 휴대폰을 꺼냈다. 혜지의 번호를 오래 바라보았다. 전화를 걸지는 않았다. 그냥 그 이름을 보고 있었다. 혜지는 지금 어떻게 살고 있을까. 자신 때문에 트라우마가 남지는 않았을까. 자신이 도망친 후 혜지는 혼자 그 모든 것을 감당했을 것이다. 지금이라도 돌아가야 할까.

배낭을 다시 짊어졌다. 일어서는 데 시간이 걸렸다. 그래도 일어섰다. 한 발을 뗐다. 밀밭이 다시 바람에 흔들렸다. 몇 시간째 땅만 보고 걸었다. 그림자가 자신을 쫓아왔다. 귓가에 둔탁한 소리가 환청처럼 들렸다. 쿵. 쿵. 쿵. 심장 소리인지, 그가 떨어지던 소리인지 분간이 가지 않았다. 도망친다는 건 어쩌면 지옥으로 헤엄쳐 가는 일인지도 모른다. 그런데 멈출 수가 없었다. 발이 저절로 움직였다. 앞으로, 앞으로. 어디로 가는지도 모르면서. 땀이 식은땀으로 변해 등줄기를 타고 흘렀다.

나는 왜 걷고 있지. 도망치려고? 용서받으려고? 아니면 그냥…… 버티려고?

준상의 발밑으로 흙길이 끝없이 이어졌다. 어디서 시작됐는지 모르겠다. 어디서 끝나는지도. 주머니에 손을 넣어 애꿎은 손수건만 만지작거렸다. 혜지가 수놓아 준 꽃문양이 손가락 끝에 느껴졌다. 미안해. 그 말밖에 떠오르지 않았다. 눈물인지 땀인지 모를 것이 볼을 타고 흘렀다. 멀리 혼자 걷고 있는 도로시가 눈에 들어왔다. 준상은 그 뒷모습을 한참 바라보았다. 자꾸만 자신이 겹쳐 보였다.

15일째 날 아침, 킴스와 로저, 도로시는 카스트로헤리스를 출발했다. 끝이 보이지 않는 황금빛 밀밭에는 나무 한 그루, 그늘 하나도 없었다. 바람이 불 때마다 밀이 일제히 고개를 숙이며 황금빛이 파도처럼 일렁였다. 사각사각, 조용한 길거리에 오직 밀 이삭에 서로 부딪히며 속삭이는 소리만 들렸다. 태양은 머리 위에서 가차 없이 내리쬐었다. 땀이 등줄기를 타고 흘렀다. 물을 마셔도 갈증이 가시지 않았다. 이날 따라 준상은 모두가 출발을 하고 난 뒤에야 알베르게를 나섰다. 네 사람은 각자의 간격을 두고 걸었다.

도로시가 앞서고, 킴스가 뒤따르고, 로저가 그 사이를 오가며 촬영했다. 준상은 한참 뒤에서 혼자 걸었다. 말이 없었다.

걷고 또 걸어도 풍경이 바뀌지 않았다. 타박, 타박. 자신의 발자국 소리만 귓가를 때렸다. 로저는 카메라 렌즈 너머로 아른거리는 아지랑이를 보았다. 그 속에서 병원에 누운 아버지의 얼굴이 떠올랐다.

너 뭐 하니? 거기서 시간 낭비할 때니? 성공해야지. 돈 벌어야지. 숫자를 채워야지.

구독자 수가 로저의 머릿속에서 카운트다운 되었다. 33만, 20만, 10만, 0. 실패다. 투자금 1억을 돌려줘야 한다. 영화는 물 건너갔다. 소리치고 싶었다. 이 끝없는 평원이 자신의 텅 빈 미래 같아서. 로저는 어디로 가야만 할지 막막했다.

토토가 없는 도로시의 어깨는 가벼웠다. 킴스가 수리를 해주겠다며 마드리드 기타 수리점에 보내준 것이었다. 이상하다. 가벼운데 무겁다. 손이 자꾸 빈 어깨를 더듬었다. 태양이 내리쬐었다. 건조하고 뜨거운 바람이 얼굴을 감쌌다.

킴스가 절뚝거리며 말했다.

"순례길에서 제일 힘든 구간이야."

도로시가 주위를 둘러보았다. 왼쪽도 밀밭, 오른쪽도 밀밭, 앞도 밀밭, 뒤도 밀밭. 하늘과 태양과 길, 그리고 자기 자신뿐이었다. 네 사람은 계속 말없이 걸었다. 말할 힘조차 남아 있지 않았다. 모자로 얼굴을 가렸지만 소용없었다. 열기는 사방에서 밀려왔다.

로저는 카메라 렌즈로 절뚝이며 걷고 있는 킴스의 뒷모습을 바라보았다. 저 사람은 왜 걷는 걸까. 아내를 잃고, 혼자 딸을 키우고, 사업을 접고, 요리를 시작하고, 지금 이 끝없는 평원을 걷고 있다. 그러면서도 매일 새벽 가장 먼저 일어나 밥을 짓는다. 누가 시킨 것도 아닌데. 저 힘이 뭔지 모르겠지만, 저걸 가지고 싶었다.

도로시는 준상의 뒷모습을 바라보았다. 항상 혼자 앞서 걷는다. 말을 걸어도 짧게 대답하고, 눈을 피한다. 그런데 그 뒷모습이 낯설지 않았다. 말 못 할 무언가를 안고 걷는 사람의 모습. 나도 저랬겠구나. 지금도 저렇겠구나. 나 때문에 더 그렇겠구나. 준상은 고개를 들었다가 멀찍이 걷는 도로시를 보았다. 혼자였다. 로저도 킴스도 보이지 않는 거리에서 도로시는 혼자 걷고 있었다. 외로워 보이지 않았다. 외로움에 익숙한 사람 같았다. 그게 더 마음에 걸렸다. 자신도 그렇게 보일까. 남들 눈에 나는 어떻게 보일까. 한번 열린 서랍은 쉽게 닫히지 않았다. 도로시는 한 걸음씩 옮길 때마다 생각의 꼬리를 물었다. 상처가 나은 게 아니었구나. 그냥 덮어둔 거였구나.

킴스는 뒤를 돌아보았다. 로저, 도로시, 준상. 세 사람이 각자의 간격을 두고 걷고 있었다. 각자 다른 생각을 안고, 각자 다른 무게를 짊어지고. 그렇지만 같은 방향을 향해 걷고 있었다. 언젠가 딸 수아도 저들처럼 이 길을 걷게 될 수도 있겠지. 아빠가 걸었던 길, 이 길에서 수아도 살아갈 힘을 얻게 되면 좋겠다. 킴스는 다시 앞을 보았다. 묘하게 마음이 놓였다.

밀밭이 바람에 일렁였다. 네 사람의 그림자가 길게 늘어졌다. 로저의 카메라 속에 마을이 나타났다. 늘 그랬다. 걷다 보면 마을이 나왔다. 당연한 것 같지만 당연하지 않았다. 걸으면 어딘가에는 닿는다는 것을 머리로는 알고 있었지만 이렇게 며칠을 몸으로 걸어보니 달랐다. 아는 것과 해본 것은 같지 않았다.

마을 입구에 도착하며 로저는 카메라에 대고 오늘 하루를 마무리하는 멘트를 남겼다.

"유난히 피곤한 하루였네요. 근데 이상하게 나쁘지 않아요."

그렇게 또 하루가 저물어갔다.

CHAPTER 8

조금만 시간을 줘요
깊고 푸른 밤

아직 해가 뜨기 전 새벽, 도로시는 잠을 이루지 못하고 있었다. 며칠째였다. 준상을 밀친 그 순간이 자꾸 떠올랐다. 상처받은 눈빛과 넘어지는 모습, 그리고 부서진 토토. 누군가가 내게 상처를 줬던 것처럼 나도 누군가에게 상처를 줬다. 그 생각이 가슴을 짓눌렀다. 결국 도로시는 잠자리를 털고 일어났다. 알베르게를 나와 헤드랜턴을 켜고 어둠 속으로 들어갔다. 언제나 새벽에 누구보다 먼저 길을 나서는 준상을 만나야 한다.

다행히 얼마 가지 않아 또 다른 불빛이 나타났다. 헤드랜턴. 준상이었다. 도로시는 망설였다. 돌아갈까. 아니면……. 사과해야 해. 지금 아니면 못 할 것 같아. 억지로 뗀 발이 준상을 향해 한 걸음씩 거리를 좁혔다. 준상이 발소리에 깜짝 놀라 뒤를 돌아봤다. 헤드랜턴 불빛이 서로의 얼굴을 비췄다. 도로시가 말했다.

"잠 못 잤죠?"

목소리가 떨렸다.

"그때 일, 진심으로 미안해요."

준상은 아무런 대꾸 없이 가던 걸음을 재촉했다. 도로시는 그런 그의 뒤를 따라가며 말을 이었다.

"갑자기 밀쳐서 많이 놀랐을 거예요. 며칠 동안 그 장면이 떠올라서 잠을 못 잤어요."

준상이 걸음을 멈췄다. 어둠 속에서 침묵이 흘렀다. 헤드랜턴 불빛만 흔들렸다. 준상이 입을 열었다.

"저도 요즘 잠을 못 자요. 다른 이유지만."

준상은 어렵게 말을 이었다.

"누나가 왜 그랬는지, 이유가 있었을 거라고 생각했어요."

누나라는 친근한 말에 도로시는 울컥했다.

"저도 사람이 다가오면 움츠러들 때가 있거든요."

생각지도 못한 반응이었다. 도로시는 용기를 냈다.

"용서해 줄 수 있어요?"

준상은 대답하지 않고 다시 걸었다. 도로시도 옆에서 걸었다. 어둠 속에서 헤드랜턴 불빛만 앞을 비추며 한참을 그렇게 걸었다. 준상이 말했다.

"나랑 비슷한 점이 있는 것 같아요."

도로시가 걸음을 늦추며 대답했다.

"나도 그렇게 생각했어요."

준상이 하늘을 올려다봤다.

"미안하다고 말해줘서 고마워요."

두 사람이 말없이 어둠 속을 나란히 걸었다.

"해 뜰 때까지 같이 걸어도 돼요?"

도로시가 물음에 준상이 고개를 끄덕였다. 두 사람은 말없이 함께 새벽길을 걸었다. 동쪽 하늘이 조금씩 밝아오고 있었다.

두 시간쯤 걸었을까, 멀리 나무 한 그루가 모습을 드러냈다. 나무는 황금빛 밀밭 한가운데 홀로 서 있었다. 모두가 그 나무를 향해 걸었다. 이 길 중간에 만나는 유일한 휴식처였다. 땀에 젖은 등이 나무껍질에 닿았다. 시원했다.

거친 감촉이 살아 있다는 걸 느끼게 했다.

늦은 오후, 25킬로미터를 걷고 나서야 목적지 마을에 도착했다. 다른 일행이 빨래와 샤워를 하는 동안 킴스가 알베르게 주방에서 바삐 움직이기 시작했다.

힘겹게 걸은 오늘의 메뉴는 특별 메뉴, 비빔밥이었다. 스페인 시골 마을 한가운데서 비빔밥을 만들었다. 현지에서 구한 채소 위로 참기름과 고추장이 흰 밥과 어우러졌다. 빨강, 초록, 노랑, 흰색. 색깔이 예술이었다. 냄새를 맡고 모여든 순례자들이 물었다. 그중에는 유키도, 크리스티도, 루카도 있었다. 여러 날을 함께 걸으며 친해진 덕에 그들은 서슴없이 킴스에게 다가왔다.

"왓 이즈 디스? 캔 아이 트라이?"

킴스가 큰 그릇에 더 많은 양을 만들었다.

"한국은 섞는 맛이에요. 된장찌개도 비빔밥도 따로 놀던 녀석들이 갑자기 친해지는 맛이랄까."

비빔밥을 한 입 먹은 크리스티의 파란 눈이 커졌다. 루카도 맛을 음미하더니 역시 한국 음식은 다 맛있다며 엄지손가락을 치켜세웠다. 불고기, 삼겹살, 치킨 요리를 유튜브로 백만 번은 봤다고 너스레를 떨었다. 론세스바예스에서 킴스가 건네준 고추장은 너무 매웠다며 혀를 내밀고 손으로 부채질하는 시늉을 했다. 킴스가 웃으며 답했다.

“언젠가 서울에 오면 맛있는 한국 음식 해줄게요.”

저녁 식사 후 킴스와 로저가 나란히 알베르게 앞마당 벤치에 앉아 이야기를 나눴다.

“셰프님은 요리에 미친 사람 같아요.”

“내가?”

“무거운 배낭도 그렇고, 지치지 않고 음식을 만드는 것도 그렇고. 그 열정, 정말 대단하세요.”

“로저도. 로저도 그래. 기획하고 촬영하고 편집하고, 하루도 거르지 않고 하잖아.”

“그런가요? 하하하.”

밤하늘 별이 하나둘씩 반짝이더니 어느새 까만 하늘에 은하수를 만들어놓았다. 그랬다. 알베르게 식당은 물론, 순례길 길가에서도 킴스는 시간이 날 때마다 무언가를 만들고 있었다. 다음 날도 메세타의 큰 나무 그늘 아래에서 작은 버너에 불을 붙이고, 냄비를 올리고 물을 부었다.

“에너지 보충해야 해.”

감자 두 개, 양파 반 개, 햄 조금, 카레 가루. 재료가 냄비에 들어갈 때마다 퐁당, 첨벙, 지글지글, 소리를 내며 카레 향이 메세타의 마른 바람에 실려 퍼졌다. 강황과 커민의 따뜻한 냄새. 킴스가 그릇에 덜어주며 말했다.

"순례길 카레, 메세타 스페셜."

김이 모락모락 피어올랐다. 네 사람이 나무 그늘에서 카레를 먹었다. 뜨겁고 짜릿해서 땀이 더 났지만 기운이 돌았다. 잠시 침묵이 흘렀다. 온통 바람 소리와 밀밭이 출렁이는 소리만 들렸다.

"맛있다."

준상이 혼잣말로 툭 튀어나온 말이었다. 그 외마디가 킴스의 귀에 스쳤다. 빈 그릇을 닦아 배낭에 넣으며 행복이란 바로 이런 거구나 생각했다.

그때 로저의 휴대폰이 울렸다. 엄마였다. 엄마가 먼저 전화하는 건 좋은 일이 아니다.

"여보세요, 엄마. 무슨 일 있어요?"

그냥 아들이 보고 싶어서 전화했다고 했다.

"아빠가……."

"아빠가 왜?"

"아니, 그냥 휠체어가 굴렀는데……. 걱정할 정도는 아니야."

"정말 괜찮으세요?"

"그럼. 밥은? 잘 먹고? 아픈 데는 없지?"

"난 잘 먹어요. 아픈 데 없어요."

거짓말이었다.

"사랑해요."

전화를 끊자 다리에 힘이 풀렸다. 하루 벌어 하루 살던 아버지가 난간에서 떨어져 병원 신세를 진 지도 벌써 5년이 흘렀다. 미용사인 엄마가 혼자서 감당하기에 병원비는 버겁다. 멈추면 안 돼. 될 것도 아무것도 안 돼. 휴대폰을 확인했다. 5만 3,247명. 어제보다 2,103명 증가. 목표까지는 27만 6,753명이 남았고, 시간은 18일이 남았다. 꿈과 현실은 친해질 수 없을까. 영화감독이 되겠다고 계속 버티기엔, 이미 그 마음이 무너져 내리고 있는 것 같았다. 로저는 떨리는 손으로 카메라를 들었다.

"15일째 날, 메세타 평원. 오늘 엄마한테 전화가 왔어요……."

하지만 말을 잇지 못했다. 로저는 촬영을 멈췄다. 속으로 중얼거렸다. 나중에 편집하자. 지금은 그냥 걷자.

"꿈이 뭐예요?"

도로시가 준상에게 물었다. 준상은 대답하지 못하고 머뭇거렸다. 꿈이라니. 나한테 꿈이 있었나. 그래, 있었다. 얼마 전까지는. 무용을 전공했다. 중고등학교 때 무용대회에 나가 우승도 여러 번 했고, 서울에 있는 예술대학에도 합격했다. 그렇게 대학에 다니며 혜지를 만났고, 혜지와 함께할 미래도 꿈꿨다. 평범하지만 행복한 삶. 그 꿈은 산산조각이 났다.

"저는…… 꿈이 없어요."

"없어요?"

"어느 순간 그냥…… 사라졌어요."

"원래 꿈이란 놈이 그래. 다시 오기도 해."

킴스가 준상의 등을 두 차례 두드려주며 말했다. 준상의 눈빛이 흔들리고 있었다. 킴스의 따뜻한 손길이 주는 희망과 자신의 처지에 대한 절망이 동시에 느껴졌다. 그 사이의 간극에서 준상은 흔들리고 있었다. 킴스가 주머니에서 종이봉투를 꺼냈다.

"이거."

“뭐예요?”

“먹어봐.”

준상이 봉투에서 갈색의 작은 공 하나를 꺼냈다. 한입 베어 물었다. 씁쓸하면서도 달콤하고 고소했다.

“다크 초콜릿을 녹여서 코코넛 가루와 땅콩, 아몬드, 피스타치오, 호두를 거칠게 빻아서 만든 거야. 일명 ‘기분 짱 복해복해 행복해 초콜릿’.”

준상이 오랜만에 웃었다.

“초콜릿에는 세로토닌이 있어서 기분을 좋게 해줘.”

킴스가 건넨 봉투 끝으로 왠지 뜨거운 무언가가 전해져 준상은 손끝이 따뜻했다. 언제 이런 온기를 받아봤지.

꾸벅 인사하자 킴스가 준상의 어깨를 툭 쳤다.

“웃으니까 대학생이네.”

잠시의 휴식과 간식이 있는 시간은 꿀처럼 달콤했다. 다시금 배낭을 짊어진 일행은 길을 나섰다. 킴스는 음식 재료들로 무거웠던 배낭이 가벼워지자 오히려 무릎의 통증이 더 심해지는 느낌이 들었다. 오르막길보다는 내리막길에서 그 증상은 더 심했다.

잠시 걸음을 멈춰 아무도 보지 않는 틈에 손으로 꾹 눌러보았다. 찌릿한 통증이 밀려왔다. 로저는 저만치 앞서 걷고 있었다. 도로시도 보이지 않았다. 준상은 훨씬 뒤였다. 킴스는 혼자였다.

처음으로 완주를 못 할 수도 있겠다는 생각이 들었다.

안 돼. 이 길은 끝까지 걸어야 한다. 아내를 위해서도 수아를 위해서도 아니다. 나 자신을 위해서 이 길을 무사히 완주해야 한다. 나로 바로 서야 한다. 그래야 아내를 편히 보내주고 수아를 위할 수 있다. 그 말이 입 안에서 맴돌았다. 나를 위해서.

아내가 떠난 후 7년을 달렸다. 수아를 위해, 손님을 위해, 식당을 위해. 누군가를 위해 사는 것이 당연했다. 그게 잘못은 아니었다. 그런데 문득 이 끝없는 평원 한가운데서 있으니 알 것 같았다. 내가 먼저 바로 서야 했다. 흔들리는 나무 아래서는 아무도 쉴 수 없다. 수아에게 든든한 그늘이 되어주려면 뿌리부터 깊어야 했다. 그 뿌리를 내리러 여기까지 온 것이었다.

조금만 더 버텨줬으면 하는 마음으로 무릎을 한 번 두드렸다.

킴스는 다시 걸었다. 한 발, 한 발. 밀밭이 바람에 출렁였다.

해가 기울기 시작할 무렵, 도로시가 길가 돌담에 걸터앉았다. 배낭에서 작은 노트와 연필을 꺼냈다. 토토가 없으니 멜로디를 확인할 방법이 없는데 머릿속에서 음이 울렸다. 이 평원이 들려주는 소리. 바람이 밀밭을 스치는 소리. 흙을 밟는 발자국 소리. 자신의 심장 소리. 머릿속에서 울리는 음에 맞춰 연필을 굴려 나갔다.

꽃잎아 너는 아니 내가 이 길을 떠난 이유를
아주 어린 시절 나는 말야 나를 잃어버렸어

잠시 생각들이 머리를 가득 메웠다. 쓰고 싶지 않았던 말이었다. 인정하고 싶지 않았던 내 마음속 깊은 이야기. 그러나 이 광활한 평원 앞에서는 더 이상 숨길 곳이 없었다.

한동안은 말도 잃어 깊은 어둠 속으로 날 몰아넣었지

파편처럼 흩어져 있던 그 시절이 어제 일처럼 떠올랐다. 아무에게도 말하지 못하고 입을 다물어야 했던 그 아이.

토토만이 친구였던 어둠 속의 시간들.

*바람아 너는 알지 네가 없었다면 아마도 난 버티지 못
했을 거야*

바람이 불어왔다. 토토의 빈자리를 메우듯, 메세타의 바
람이 그녀의 머리카락을 스치고 지나갔다.

찾을 거야 이 길에서 나는 나를 찾을 거야

연필 끝에 힘이 들어갔다. 흑연이 종이를 꾹 눌렀다. 도
로시는 노트를 덮고 일어섰다. 아직 그 말이 무엇인지는
알 수 없었다. '사랑해'일지, '미안해'일지, 아니면 '괜찮아'
일지. 그래도 이 길 끝에서는 그 말을 해줄 수 있을 거다.
도로시는 다시 걷기 시작했다.

저녁 무렵 카스트로 헤리스라는 작은 마을에 도착했다.
황금빛 밀밭 사이에 숨어 있는 마을로, 돌담과 붉은 지붕
이 어우러져 있었다.

“오늘도 킴스의 요리는 멈추지 않습니다.”

로저가 카메라를 들며 말했다. 주방으로 향한 킴스는 배낭에서 재료를 꺼냈다. 그의 가방에서는 마치 마술처럼 끊임없이 재료가 나왔다. 준상도 뒤를 따랐다. 킴스가 요리를 시작하기 전 습관대로 박수를 세 번 쳤다. 짝. 짝. 짝.

“오늘의 요리. 메세타의 태양이 너를 비추네.”

킴스의 앞에 놓인 것은 토마토, 달걀, 빵, 올리브유, 마늘. 재료는 단출했다.

“도로시, 토마토 넣어줘요.”

지글지글 소리와 함께 토마토의 향이 퍼졌다. 약간의 신맛과 달콤함이 뒤섞인 냄새였다. 뒤이어 로저가 깬 달걀노른자가 토마토 위에 떨어졌다. 노란 노른자가 빨간 토마토 위에서 메세타의 석양처럼 떠올랐다.

“준상.”

“……네?”

“빵 잘라줄래요?”

준상은 놀란 표정이었다. 자신에게도 역할을 주다니. 조심스럽게 칼을 잡고 빵을 썰었다. 서툴렀지만 열심이었다. 이윽고 요리가 완성되었다. 킴스에게 요리는 명상이었다.

재료를 다듬고, 불을 조절하고, 간을 맞추는 동안 머릿속이 비워졌다. 사업할 때는 몰랐던 것이다. 손으로 만드는 일에는 거짓이 없다는 것. 토마토와 달걀, 바삭하게 구운 빵의 빨갛고 노란 색깔이 접시 위에서 자연스럽게 어우러졌다. 네 사람이 테이블에 둘러앉았다.

"메세타의 태양이 좀 뜨겁긴 해도 맛은 끝내줘요."

킴스가 세 사람을 향해 두 손을 뻗으며 말했다.

"자, 모두 드셔봐요."

"잘 먹겠습니다."

준상은 말없이 먹었다. 접시를 깨끗이 비웠다. 그동안 혼자 먹던 밥과는 달랐다. 맛있고 따뜻했다. 함께 만들고 함께 하는 식사가 이런 맛이구나. 킴스는 로저와 도로시의 표정만으로도 맛을 읽을 수 있었다.

식사 후, 일행은 알베르게 마당에 앉아 해가 지는 것을 바라보았다. 오렌지색과 보라색, 분홍색의 그러데이션이 메세타의 끝없는 평원 위로 펼쳐졌다. 로저가 녹화 버튼을 눌렀다.

"메세타의 일몰이에요."

레코드 버튼을 누른 채 뷰파인더에서 눈을 뗄 때 두 눈으로 석양을 바라보았다. 침묵을 깬 건 로저였다.

"셰프님은 마흔일곱에 요리 시작하셨잖아요."

"응."

"저 서른인데, 벌써 늦은 것 같아요."

"서른? 뭐가 늦었는데?"

"모르겠어요. 다 늦은 것 같아요."

킴스가 웃으며 물었다.

"서른이 늦었어?"

"요즘은 그래요. 서른이면 무언가 되어 있어야 해요."

킴스가 하늘을 올려다보았다. 석양이 점점 멀어졌다. 서늘한 바람이 땀에 젖은 등을 식혀주었다.

"나도 그랬어."

킴스가 헛웃음을 쳤다.

"늘 불안하고 무언가에 쫓기고."

늘 밝게 웃던 그의 표정에 살짝 그늘이 졌다.

"아이러니하게도 지금이 행복해. 지금 이 순간."

로저는 고개를 끄덕였다. 킴스가 무슨 말을 하려는지 직감적으로 알고 있었다. 맞는 말이다.

"제 터널은 끝이 안 보여요."

"나도 가끔 그래."

킴스가 하늘을 올려다봤다.

"근데 걷다 보면 언젠가 끝이 나오더라."

로저는 킴스의 조언이 어쩌면 가진 사람의 여유일 거라 생각했다. 그래도 킴스의 말은 가르침이 아니라 응원처럼 들렸다. 킴스가 자신의 다리를 주무르며 말을 이었다.

"나도 매일 다짐해. 옆에서 누가 빨리 가든 신경 쓰지 말자고."

어느덧 해가 지평선 아래로 사라지고 별이 하나둘 떠올랐다. 이게 영화라면 여기가 브릿지 장면이겠지. 도로시가 노래를 흥얼거리기 시작했다. 낮에 적어 두었던 가사 중 하나를 골랐다. 토토 없는 손이 허전했지만 목소리의 간절함은 더 짙었다.

나는 아직 나를 잘 몰라서

어떻게 살아야 할지 잘 몰라요

잠시 멈춰서 나를 찾아볼게요

조금만 시간을 줘요

내가 나를 만날 때까지

로저는 왠지 렌즈 너머가 아니라 그냥 눈으로 보고 싶었다. 별빛을 조명 삼아 노래하는 도로시의 모습을 멍하니 지켜보았다. 그녀의 눈동자가 유난히 크고 검다는 걸 그때 알았다.

준상은 멍하니 하늘을 바라보았다. 별빛이 눈에서 번졌다. 도로시의 노래를 들을 때마다 혜지가 떠올랐다. 어딘가 닮았다. 혜지가 가끔 했던 말이 생각났다. '난 나를 찾고 싶어. 진짜 내 모습.' 그래서 혜지도 이곳을 오고 싶어 한 걸까, 도로시처럼. 혜지도 이 별을 보고 싶었을까. 이 노래를 듣고 싶었을까. 별을 바라보았지만 별은 아무 말이 없었다.

노래가 끝나자 누군가가 박수를 쳤다. 도로시는 토토가 없어도 노래할 수 있다는 걸 처음으로 느꼈다. 밤이 깊어 가자 하나둘 잠자리로 향했다. 마지막까지 남은 건 준상이었다. 혼자 밤하늘을 바라보는 준상 곁으로 킴스가 다가와 앉았다.

"안 자?"

"잠이 안 와요."

침묵 속에 둘은 함께 별을 바라보았다. 킴스가 먼저 입을 열었다.

"아내를 보내고 1년은 멍했어."

짧지만 강렬한 얘기였다.

"이 길을 걸으면서 무거운 것도 조금씩 내려놓아야 한다는 걸 배웠어."

아팠다. 킴스의 말 한마디 한마디가 가슴을 쳤다.

"저는……."

준상이 무언가 말을 하려 입을 열었다가 다시 닫았다. 목까지 올라왔던 말이 다시 삼켜졌다.

"언젠가 말씀드릴게요."

킴스는 더 묻지 않고 준상의 어깨를 툭 쳤다. 말은 없었다. 킴스가 하늘을 올려다보았다. 검푸른 하늘에 은빛 점들이 박혀 있었다.

"길을 걷다 보니까 내 옆에 항상 누군가 있더라고."

킴스가 말을 이으려다 잠시 머뭇거렸다.

"공황장애로 응급실에 실려 간 적도 있었어."

아무 말도 하지 못하는 준상의 모습에도 아랑곳하지 않고 킴스는 말을 이었다. 잠도 못 자고, 숨도 못 쉬고, 딸아이 얼굴을 보면서도 웃을 수가 없었던 그를 친한 선배가 반강제로 이 길에 끌고 왔다고 했다. 그때가 두 번째 순례 길이었다. 킴스의 시선이 지평선으로 향했다.

"그때 알았어. 어둠의 반대편에 햇살이 있다는 걸."

준상이 고개를 돌려 킴스를 바라보았다.

"처음엔 지옥이었어."

여러 날을 잠도 못 이루고 변비에 배가 아팠다. 12일째쯤 더 이상 못 걷겠다고 주저앉았다. 초반의 오기도 바닥 나고 몸이 한계에 다다랐을 때였다. 킴스가 잠시 숨을 골 랐다.

"그때 선배가 데려간 곳이 있었어."

그들은 순례길 근처에 사는 노부부 파코와 제니퍼의 집 에서 며칠을 함께 보냈다. 체리를 따 먹고, 텃밭에서 일하고, 그냥 쉬기도 하면서. 떠나기 전날 마지막 저녁, 파코가 말했다.

"이 길은 오로지 너를 위한 길이야. 너만 생각하며 걸 어."

선배는 묵묵히 듣고만 있었다.

"누구의 눈치도 보지 말고. 네 상황, 네 체력에 맞게 걸어.”

네 사람은 잔을 부딪혔다.

“힘들면 쉬어 가도 돼. 멈춰도 돼.”

파코의 시선이 잔 너머로 건너왔다. 말없는 위로 같았다.

“그러면 오히려 너를 만날 수도 있어. 널 만나게 되면 비로소 다른 누군가가 보게 될 거야.”

길을 잃었을 때 화살표가 되어준 사람. 배가 아플 때 약을 건네준 사람. 지쳐서 쓰러질 것 같을 때 물을 나눠준 사람. 말이 안 통해도 웃어준 사람. 그 사람들이 없었으면 여기까지 못 왔을 거다. 그런데 그때는 몰랐다. 자기 고통에만 빠져서 함께 걷고 있는 사람이 보이지 않았던 시간들이 있었다. 준상은 아무 말도 하지 못했다. 지금 자신의 모습이었다. 킴스가 다시 하늘을 올려다보았다.

“그렇게 다시 걷게 된 길에서 또 하나 깨달은 게 있어.”

준상이 귀 기울여 들었다.

킴스를 공황장애와 불면증의 세계로 몰아넣은 것은 죽음에 대한 공포였다. 아내가 떠나고, 자신마저 어린 딸 곁을 떠나게 되면 어떡하나. 그 아이가 겪을 아픔, 홀로 남겨질 운명. 일어나지 않은 일을 미리 걱정하는 버릇이 그를 잠식했다. 그런데 걸으면서 알았다. 딸아이의 인생은 그 아이의 것이다. 아무리 걱정해도 대신 살아줄 수는 없다. 그리고 사람들이 자신을 도와줬듯이 그 아이에게도 힘들 때 손을 내밀어줄 누군가가 나타날 것이다.

"그 힘으로 남은 순례길을 완주하게 됐지."

생각과 생각. 질문과 대답. 죽을 것 같았던 순간들. 자신과 자신이 싸운 시간들. 그 끝에 얻어낸 결론이었다.

"그 믿음이 불안에서 조금이나마 벗어나게 해줬어."

준상의 눈가가 뜨거워졌다. 킴스가 그의 어깨를 감쌌다.

"물론 나도 아직은 노력하며 사는 중이야."

처음이었다. 누군가의 체온이 이렇게 무겁게 느껴진 것이.

별이 쏟아질 듯 빛나는 메세타의 밤, 광활한 평원 위이자 끝없는 하늘 아래에 두 사람은 함께 있었다. 밤하늘에 수많은 별들이 반짝이다 새벽이 오고 아침이 밝아왔다. 알베르게로 돌아온 킴스는 먼저 당뇨약을 삼켰다. 이건 빼먹으면 안 된다. 혈당이 흔들리면 쓰러질 수도 있다. 공황장애 약도 꺼냈다. 오늘은 달랐다. 알약 하나를 손톱으로 반

갈랐다. 반 알만 먹어보자. 메세타를 걸으면서 숨이 조금씩 트였다. 밤마다 깨는 횟수가 줄었다. 어쩌면 걷는 것이 약보다 나을 것 같았다. 반 알을 삼키고 눈을 감았다. 가슴 한쪽이 미세하게 떨렸다. 그래도 견딜 만했다.

그날 밤, 새벽 세 시가 아닌 네 시에 눈이 떠졌다. 한 시간. 작은 승리였다. 킴스는 마당 한쪽 벤치에 앉았다. 주머니에서 휴대폰을 꺼내 손가락으로 화면을 쓸었다. 배경 화면을 딸 수아가 활짝 웃는 얼굴로 가득 채우고 있었다. 별들이 춤추듯 일렁였다.

여보, 우리 딸 잘 크고 있어. 당신 닮아서 예뻐. 날 닮아서 강해.

휴대폰을 주머니에 넣고 일어섰다. 온몸이 힘들고 아팠지만 견딜 수 있었다. 이 길을 걷는 이유가 하나 더 생겼으니까.

CHAPTER 9

손가락의 무게
선택은 나의 몫

로저는 노트북 앞에 앉았다. 새벽 두 시, 다른 순례자들은 모두 잠들어 있었다. 독일인, 프랑스인, 일본인이 뒤섞여 코 고는 소리가 여기저기서 들렸다. 화면에는 편집이 끝난 영상이 떠 있었다. 썸네일에는 눈을 모자이크한 준상의 얼굴이 있었고, 영상에 달린 제목은 '순례길로 도망 온 수상한 남자의 정체'였다. 커서가 업로드 버튼 위에서 깜빡였다. 로저는 한 시간째 화면을 응시하고 있었다. 손가락이 떨렸다. 검지 끝이 저렸다. 마우스 위에 얹힌 손은 젖어 있었다. 그게 땀인지 두려움인지 알 수 없었다.

이거 올리면 터진다. 확실해. 자극적인 제목과 의문의

인물. 사람들은 미스터리, 추적, 폭로 같은 걸 좋아한다. 알고리즘이 밀어주면 조회 수가 곧 구독자를 불러올 거다. 그런데 왜 손가락이 움직이지 않지.

어젯밤 전화에서 들려온 엄마의 목소리가 떠올랐다.

"아들, 병원에서 전화 왔다. 이번 달 말까지 밀린 비용 안 내면 아빠 퇴원시킨대."

로저에게는 익명의 구독자로부터 받은 선금 1억 원이 있었다. 세 명의 여행 경비를 제하고도 남을 금액이었지만 아버지의 병원비에 보태지는 않았다. 프로젝트가 실패로 끝날지도 모른다는 불안감 때문이었다. 망설였지만 끝내 보내지 못했다. 돈이 입금된 후로 이 돈은 자신의 것이 아니라고 수차례 다짐했었다.

엄마의 목소리는 평온했다. 너무 평온해서 오히려 무서웠다. 울지도, 한숨도 쉬지 않았다. 날씨를 말하듯 그냥 사실을 전달할 뿐이었다. 마치 오늘 비가 온다고 말하는 것 같은, 그런 톤이었다. 그게 더 아팠다.

5년. 엄마는 5년 동안 울다 지쳐서 이제 울 힘도 없는 거다. 새벽까지 설거지하고, 낮에는 미용실에서 서서 일하고, 저녁에는 아버지 병문안을 간다. 그 사이클을 5년 동안 반복한 거다. 엄마의 거친 손이 떠올랐다. 쉰일곱인데 일흔처럼 늙어버린 손. 엄마를 쉬게 해야 해. 그러려면 돈이 필요해. 손가락이 버튼 위에서 떨렸다. 그때 준상의 얼굴이 떠올랐다. 성당에서 두 손을 모으고 울던 모습과 떨리는 목소리.

"제가…… 사람을 죽였어요."

그 눈. 불 꺼진 창문 같던 눈. 그 눈에서 무언가가 흘렀다. 그건 숨길 수 없는 고통이었다.

하지만 저 사람도 누군가의 아들이야. 생각이 꼬리를 물었다. 저 사람에게도 엄마가 있겠지. 저 사람 엄마도 밤마다 아들 걱정에 잠 못 이루겠지. 저 사람이 도망친 걸 알면 얼마나 무너지겠어. 로저는 자신의 손을 내려다보았다. 카메라를 쥐느라 손가락에는 굳은살이 박혔고, 손등은 매일 밤새 편집하느라 거칠어져 있었다. 엄마의 손과 닮아가고 있었다.

이 손으로 저 사람을 팔아넘기는 거야?

화면을 응시했다. 썸네일 속 준상의 모자이크 처리된 얼굴. 모자이크. 그래, 얼굴은 가렸어. 합법이야. 문제없어. 그렇지만 영상을 보면 누군지 알 수 있다. 순례길에 오른 스물한 살 한국인 남자. 흰색 우비와 선글라스. 흰색 우비. 선글라스. 조금만 검색하면 찾을 수 있을 것이다. 네티즌 수사대가 파헤쳐서 신상이 털릴 거다. 그럼 저 사람 인생은 끝이다.

손가락이 버튼 위에서 얼어붙었다. 시계를 보았다. 새벽 세 시 15분. 한 시간 넘게 이러고 있었다. 올릴까 말까. 손가락이 업로드 버튼 위에서 떨렸다. 누르지 못했다. 손을 떼었다가 다시 올렸다. 결국 로저는 노트북을 닫았다.

오늘은 못 하겠어. 내일 다시 생각하자.

침대에 누워 천장을 바라보았다. 나무 천장, 세월을 머금은 냄새, 다른 순례자들의 코 고는 소리. 잠이 오지 않았다. 눈을 감으면 엄마의 손이 보였고, 눈을 뜨면 준상의 얼굴이 나타났다. 갈라진 손등과 불 꺼진 눈이 밤새 로저의 머릿속을 오갔다.

다음 날 저녁, 로저는 다시 노트북 앞에 앉았다. 같은 화면, 같은 버튼, 같은 떨림. 이번에는 달랐다. 휴대폰에 문자가 와 있었다. 엄마였다.

"아들, 병원에서 또 전화 왔다. 이번 주 금요일까지래. 엄마 어떻게 해야 할지 모르겠다."

금요일이면 사흘 남았다. 로저는 노트북을 챙겨 알베르게 주방으로 향했다. 주방에는 아무도 없었다. 노트북을 열었다. 화면이 켜졌다. 손가락이 무게를 버티지 못하고 버튼을 누르고 말았다. 로저는 생각했다. 나는 왜 자꾸 숫자에 끌릴까. 삶은 속도가 아니라 방향이라는 킴스의 말이 떠올랐다. 내 속의 내가 나와 자꾸만 싸운다. 이 싸움의 승자도 패자도 어차피 나일 텐데. 결국 선택은 자신의 몫이다.

'업로드 중'이라는 메시지와 함께 프로그레스 바가 차올랐다. 100퍼센트. 어느새 화면이 바뀌었다.

'업로드 완료.'

30분이 3개월처럼 더디게 흘렀다. 조회 수가 미동도 하지 않았다. 그만 노트북을 닫으려는데 조회 수가 실시간으로 올라가기 시작했다. 100, 500, 1,000. 5,000. 구독자 알림도 뜨기 시작했다. +100, +500, +1,000.

터졌다.

로저가 피식 웃었다. 그러나 웃음은 곧 사라지고 가슴 한구석이 싸늘해졌다. 이게 맞는 걸까. 준상의 얼굴이 떠올랐다. 상처받은 눈과 혼자 걷는 뒷모습이 눈앞에서 자꾸만 아른거렸다. 얼굴은 모자이크했지만, 그 사람의 동의 없이 올린 것이었다. 노트북을 닫고 눈을 감았다. 이미 올렸다. 돌이킬 수 없는 일이다. 밤새 잠이 오지 않았다.

오늘도 일행은 함께 보다는 각자의 시간을 보내며 길을 걸었다. 맨 앞에는 준상, 그 뒤로 로저, 킴스, 그리고 줄의 맨 끝에 도로시. 저마다 말이 없었다. 발소리만 들렸다.

몇 시간을 걸어 목적지를 10킬로미터 남긴 지점 카페에서 네 명이 모였다. 로저는 평소와 다르게 말이 없었다. 준상은 카페에서 만난 순례자들의 시선이 자꾸 자신에게 꽂히는 것 같았다. 몸도 마음도 불편해졌다. 주문해 놓은 커피와 또르띠아가 나오기도 전에 일행에게 속이 좋지 않다며 배낭을 집어 들고 문을 나섰다. 도로시는 자기 생각에 빠져 이 상황을 의식하지 못했다. 킴스만이 무언가 분위기가 이상하다는 것을 감지했다.

어색한 분위기는 걷는 내내 계속됐다. 로저는 촬영도 하지 않고 땅만 보고 걸었다. 도로시는 써 둔 가사들을 하나씩 꺼내 흥얼거렸다. 킴스는 준상을 따라가 몸 상태를 물어보려 했지만 이미 시야에서 사라진 지 오래였다.

목적지에 도착한 일행은 서로의 시간을 보냈다. 로저는 도착과 함께 샤워실로 들어갔다. 복잡한 생각을 쏟아지는 물줄기에 씻어 버리고 싶었다. 킴스는 배낭을 내려놓고 딸에게 온 문자를 확인했다.

아빠 순례길에 살인자가 함께 걸어?

머릿속이 하얗게 변했다. 빠르게 유튜브를 확인했다. 로저챌린저의 구독자 수와 댓글이 눈으로 확인할 수 있을 정도로 요동치고 있었다. 이거였구나. 이래서 오늘 분위기가 그랬구나.

킴스가 다급하게 로저를 찾았다. 때마침 샤워를 마치고 수건으로 머리를 털며 나오는 로저와 마주쳤다. 두 사람은 알베르게 앞 냇가 벤치에 마주 섰다. 아치형 돌다리 아래, 준상이 흐르는 물에 얼굴을 닦고 있었다.

"영상 봤어. '순례길로 도망 온 수상한 남자'라는 영상."

준상은 하던 행동을 멈추고 숨을 죽였다.

로저가 벤치에 앉았다.

“왜 그랬어?”

로저는 대답하지 못했다.

“구독자 때문이야?”

“……네.”

로저가 벤치에서 일어났다.

“한 시간 만에 구독자가 5만 명이나 늘었어요. 이 속도면 33만 명 가능할지도 몰라요.”

킴스의 눈을 정면으로 응시하는 그의 눈은 붉어져 있었다.

“그게 네 꿈이야?”

“저도 아파요!”

로저가 소리쳤다. 목소리가 가늘게 흔들렸다.

“33일 안에 33만 명을 모아야 투자를 받고 영화를 만들고 아버지를 살릴 수 있어요.”

킴스는 잠시 말이 없었다.

“로저 사정은 이해해. 그래도 그게 준상의 아픔을 팔아도 되는 이유가 될 순 없어.”

로저가 입을 다물었다.

“그 친구도 도망치듯 이 길에 온 이유가 있어.”

“사실만 올렸어요. 거짓은 없어요.”

“사실이면 다야? 입장을 바꿔서 생각해봐. 네가 찍힌 영상이 인터넷에 ‘도망자’, ‘범죄자인가’ 같은 자막이 달린 채로 돌아다닌다고 생각해보라고.”

킴스가 한 발 다가서며 말했다. 로저는 대답하지 못했다.

“당장 내려.”

“구독자가 10만이 넘었는데 지금 내리면 어떻게 해요.”

“너는 어그로를 끌어서 돈을 버는 유튜버가 되고 싶은 거야? 아니면 사람들의 이야기를 담는 영화감독이야?”

“영화감독이요.”

“진짜 감독은 사람을 찍어. 사람의 동의를 받고, 사람의 이야기를 듣고, 사람과 함께 만들어. 그게 영화야.”

“셰프님이 제 인생을 책임져 주시는 것도 아니잖아요.”

로저는 목 안이 뜨끔해지는 걸 느끼면서도 거칠게 내뱉었다.

“당연히 책임은 못 져. 하지만 로저다운 콘텐츠로도 충분히 성공할 수 있어.”

“로저다운 거요? 저다운 게 뭔데요?”

킴스는 잠시 로저를 바라보다가 천천히 한쪽 무릎을 꿇었다. 로저가 당황해서 외쳤다.

"셰프님, 뭐 하시는 거예요?"

"부탁이야."

킴스가 고개를 숙인 채 말했다.

"영상 내려줘. 이런 식으로 성공하면 그 짐을 평생 짊어지고 가야 해."

로저는 말이 없었다. 킴스는 자리에서 일어섰다. 무릎이 아파 비틀거렸다.

"생각해 봐. 답은 네가 내려야 해."

두 사람의 대화가 물소리 사이로 또렷하게 들려왔다. 왜 내가. 로저는 왜 나를. 셰프님은 왜 또 나를 위해서. 자신의 처지에 화가 치밀었지만 꾹 참았다.

킴스가 돌아서 걸어갔다. 킴스의 뒷모습을 소리 없이 바라보던 로저는 휴대폰을 꺼냈다. 떨리는 손으로 유튜브 앱을 열었다. 구독자는 12만 3,000명, 어제보다 7만 명이 늘어 있었다. 영상 조회 수 87만. 댓글 3,000개.

'이 사람 누구야?'

‘진짜 범죄자인가?’

‘신상 털어야 하는 거 아님?’

‘순례길에 살인자가?’

로저의 손이 휴대폰을 떨어뜨릴 만큼 부들부들 떨렸다. 자신이 뭘 한 건가 싶었다. 삭제 버튼 위에 손가락을 가져 갔지만 차마 아직은 누를 수 없었다.

그날 밤, 로저는 잠들지 못했다. 알베르게의 침대에 누 워 천장을 바라보았다. 다른 순례자들의 코 고는 소리가 규칙적으로 울려왔지만 그의 머릿속은 여전히 전쟁터였 다. 로저는 조용히 침대에서 내려와 노트북을 들고 밖으로 나갔다. 별이 쏟아지는 하늘 아래, 차가운 벤치에 앉아 노 트북을 열고 유튜브 스튜디오에 접속했다. 화면 속 그래프 는 요동치고 있었다. 며칠 전 올린 ‘순례길의 수상한 남자’ 영상은 이제 조회 수 250만 회를 기록하고 있었고, 구독자 는 18만 명이 되어 있었다. 댓글 창은 난리가 났다. 범죄자 다, 잡아야 한다, 신상 털자, 잡히지 마라, 응원한다. 하지만 킴스의 말이 머릿속을 떠나지 않았다.

“나중에 후회할 거야. 이런 식으로 성공하면 그 짐을 평생 짊어지고 가야 해.”

‘정답은 없어, 그런데 셰프님 말이 맞아.’

로저는 마우스 커서를 움직였다. 이 영상 하나면 투자받을 수 있어. 아버지 병원비도 해결돼. 화면을 봤다. ‘순례길의 수상한 남자’ 영상은 지금 이 시간에도 조회 수가 계속 올라가고 있었다. 구독자 수도 어느새 꿈과 거리를 좁혀가는 중이었다. 그런데 자꾸만 준상의 얼굴이 떠올랐다. 어두운 눈. 무언가를 숨기고 있는 눈. 로저는 화면에 흐릿하게 비친 자신의 눈을 바라보며 물었다. 나는 그 고통을 팔아서 성공하고 싶은 건가. 로저는 눈을 감았다. 가슴 깊이 공기를 들이마셨다.

삭제.

‘이 영상을 삭제하면 복구할 수 없습니다. 그래도 삭제하시겠습니까?’

손가락이 한참 동안 굳어 있었다. 아버지의 얼굴이, 엄마의 거친 손이 스쳤다. 이걸 삭제하면 상황이 다시 원점으로 돌아간다. 아니, 뒷걸음질 칠 게 뻔했다.

확인.

화면이 깜빡였다. 영상이 사라졌다. 며칠째 오르기만 하

던 구독자 그래프가 멈추기 시작했다. 알림이 쉴 새 없이
울렸다.

　‘영상 어디 갔어요?’
　‘왜 삭제함?’
　‘그 남자 정체 밝혀줘요!’

　댓글 창이 난리였다. 욕설도 있었다. ‘낚시냐’, ‘관종’, ‘구
독 취소’……. 숫자가 눈에 보이게 줄어들었다. 18만에서
17만, 16만, 15만까지 떨어졌다. 로저는 내친김에 오늘 찍
은 파일도 열었다. 준상의 고백이 담긴 영상 파일. 이것도
짐이다. 남의 아픔을 훔친 짐. 삭제하고 휴지통을 비웠다.
욕심을 제거하듯 그 흔적들을 삭제해 나갔다.
　로저는 한참을 망설이다가 카메라를 꺼냈다. 자신의 얼
굴을 향해 렌즈를 돌리고 녹화 버튼을 눌렀다. 목소리가
떨렸다.
　“많은 분들이 궁금해하실 것 같아서, 왜 갑자기 삭제했
는지 말씀드리려고요.”
　숨을 깊이 들이마셨다.

"그분은 이 길에서 만난 동료 순례자예요. 그분의 이야기를 허락 없이 올린 게 잘못이었어요."

한참을 말을 잇지 못했다. 몇 차례 입술을 깨물고 나서 입을 열었다.

"돈이 필요했어요."

목소리가 갈라졌다.

"죄송합니다."

고개를 숙였다가 다시 들었다.

"구독자 수가 줄어도 괜찮아요. 아니, 괜찮지 않아요."

말을 할수록 횡설수설하는 것 같은 자신의 모습이 화면에서 보였다.

"솔직히 무서워요. 그래도 이게 맞는 것 같아요."

잠시 침묵. 로저는 다시 카메라를 똑바로 바라보았다.

"조회 수가 아니라, 진짜 이야기를 담겠습니다. 지켜봐 주세요."

녹화 종료. 떨리는 손으로 업로드 버튼을 눌렀다.

아버지의 병원비, 엄마의 거친 손, 새벽까지 설거지하는 뒷모습. 정말 미안해요, 엄마.

노트북 전원이 꺼지고 어두워진 화면에 로저의 얼굴이

비쳤다. 처음 보는 얼굴 같았다. 로저의 눈에 눈물이 고였다. 이내 펑펑 눈물이 쏟아졌다. '나 살자고 다른 누군가를 고통에 몰아넣었어.' 스스로 한 짓에 자괴감이 들었다. 한참을 울고 나서야 명치끝을 짓누르던 통증이 사라지고 숨이 폐 밑바닥까지 시원하게 들어왔다. 아들로서 부끄럽지 않은 선택을 했다. 그게 중요했다.

"다 내려놨다."

입 밖으로 새어 나온 혼잣말이 하얀 입김이 되어 흩어졌다. 하늘에서 별똥별이 떨어졌다. 로저는 노트북을 닫고 일어섰다. 마음이 한결 가벼웠다.

아침 햇살이 창문을 통해 쏟아졌다. 로저가 식당으로 내려왔을 때, 킴스가 이미 주방에 서 있었다.

"일찍 일어났네."

무언가를 끓이고 있는지, 냄비에서 김이 모락모락 피어올랐다.

"어젯밤 잠 못 잤지?"

로저가 멈칫했다. 어젯밤 그는 영상을 삭제하고 사과 영상을 올렸다. 그러고서도 잘한 건지 모르겠어서 밤새 뒤척이며 잠을 설쳤다.

"……네, 조금요."

킴스가 아무 말 없이 따뜻한 국물을 건넸다. 콩나물국이었다. 어디서 콩나물을 구했는지는 모르겠지만, 스페인 한복판에서 먹는 콩나물국은 목을 뜨겁게 적시며 뒤숭숭한 마음을 달래주었다.

"잘했어."

킴스가 말했다.

"……네?"

"기분이 좋아보여."

로저는 대답하지 못했다. 그제야 킴스가 영상을 봤다는 걸 눈치 챘다.

"먹어. 속 풀어야지."

킴스는 더 이상 묻지 않았다. 로저는 뜨거운 국물을 홀짝이며 휴대폰을 열어 유튜브를 확인했다. 구독자 수는 11만 6,800명, 예상대로 18만 명에서 6만 명이 넘게 빠져 있었다. 떨리는 손으로 어젯밤 올린 사과 영상을 눌러보았다. 그런데 댓글 창은 예상과 달랐다.

'용기 있는 선택이네요. 응원합니다.'

'진정성 있는 사과, 처음 봤어요. 구독 유지할게요.'

'오히려 팬 됐습니다. 이런 유튜버가 필요해요.'

'남의 아픔 팔아먹는 채널 많은데, 이 사람은 다르네.'

'계속해서 순례길이랑 사람들 영상 올려주세요.'

'드라마보다 재밌다.'

물론 악플도 있었다. '위선자', '관종', '그래도 한 번 올린 건 사실'이라는 말들이 줄을 이었다. 악플과 응원 댓글이 팽팽하게 맞섰다. 그런데 놀라운 건, 구독자 이탈이 멈추고 있다는 사실이었다. 구독자 수는 어젯밤 9만까지 떨어졌지만 사과 영상을 업로드한 이후 오히려 조금씩 올라오고 있었다. 로저는 얼떨떨한 기분으로 휴대폰을 내려놓았다. 그 댓글들이, 누군가가 자신의 선택을 이해해 주었다는 것이 로저의 마음을 흔들고 있었다. 뭉클한 게 치밀었다. 이제 남은 것은 준상에게 전할 사과였다. 언제, 어떻게 사과해야 할지 고민이 되었다. 진심을 전하는 사과에는 커다란 용기가 필요했다.

나를 만났다
빗속에서

메세타의 끝이 보이기 시작했다. 아침부터 하늘이 어두웠다. 납처럼 무거운 회색빛의 구름이 낮게 깔려 있었다. 비가 올 듯했다. 아니, 반드시 올 거다. 하늘이 그렇게 말하고 있었다. 킴스가 통증이 규칙적으로 밀려오는 무릎을 문지르며 우비를 챙겼느냐고 물었다. 기압이 낮은 날은 항상 그랬다. 욱신거리는 무릎이 일기예보보다 정확하고 빨랐다.

네 사람이 알베르게를 나섰다. 한 시간쯤 걸었을까, 하늘에서 빗방울이 떨어지기 시작했다. 처음에는 이마와 손등에 한두 방울씩 떨어지던 빗방울이 점점 많아지더니 빗줄기가 굵어졌다. 점에서 선으로, 선에서 면으로 시야를 좁혀왔다.

“우비 입어요!”

노랑, 초록, 파랑, 흰색. 네 가지 색의 우비가 회색 풍경 속에서 꽃처럼 선명하게 빛났다. 비가 점점 세졌다. 폭우였다. 앞이 보이지 않았다. 쏴아아아, 세상의 모든 소리를 삼키는 소리와 동시에 바람이 스쳐 지나가고 우비가 펄럭였다. 발밑이 질퍽거리며 진흙탕이 되었다. 신발이 빠지고, 양말이 젖고, 발가락 사이로 물이 배어들었다. 빗소리가 너무 거세서 가까이 있어도 소리를 질러야 들릴 정도였다. 말이 빗줄기에 씻겨 내려갔다. 비는 세 시간 내내 계속되었다. 도무지 멈출 기미가 보이지 않았다. 오른쪽 먼 하늘에서는 햇살이 쏟아져 나오고 있었다. 비와 햇살이 같은 하늘 아래 공존했다.

이미 지칠 대로 지친 도로시가 걸음을 멈추고 큰 소리로 물었다.

“여기서 쉬어 가면 안 돼요?”

추위와 피곤으로 몸이 떨려왔다. 킴스가 뒤돌아 도로시를 걱정스럽게 바라보며 말했다.

“피할 곳이 없어요. 다음 마을까지 가야 해요.”

“얼마나 남았어요?”

“5킬로미터 정도.”

아무리 빨리 걸어도 이 빗속에서는 족히 한 시간은 더 가야 하는 거리다.

도로시가 한숨을 쉬었다. 어렵게 다시 발걸음을 떼었다. 이 비에 그냥 씻겨 내려가고 싶었다. 토토도 없고, 아무것도 없는데 왜 이걸 하고 있는 걸까. 그때였다. 도로시가 예고 없이 쓰고 있던 작은 우산을 집어 던지고 빗속으로 뛰어들었다.

아연실색하며 그녀를 부르는 킴스의 목소리에도 아랑곳없이, 팔을 벌려 빙글빙글 돌기 시작했다. 아이처럼, 미친 사람처럼, 오직 자신만의 리듬에 맞춰 춤을 추었다. 빗물이 얼굴을 때렸다. 차갑고 아팠지만, 좋았다. 킴스가 멈춰 서서 그녀를 바라보았다. 폭우 속에서 춤추는 한 청춘의 얼굴을 보았다. 자유와 낭만이 하나의 표정 안에 공존하고 있었다. 자기도 모르는 사이에 입꼬리가 올라갔다. 비 오는 풍경이 도로시의 입을 통해 멜로디가 되어 흘러나왔다.

비가 내려요, 나는 우산도 없이 이 빗속으로 들어가.

춤을 추어요, 나는 자유.

이 비는 나를 위해 내리는 선물.

누가 보면 마치 엄마를 믿고 까부는 어린아이 같아.

물웅덩이를 첨벙첨벙 뛰어.

누가 보면 미쳤다고 할 거야.

어차피 젖을 거라면 즐겁게 젖자. 킴스도 우산을 집어 던지고 빗속으로 들어갔다. 도로시와 호흡을 맞춰 춤을 추다가 이내 자신의 리듬을 되찾았다. 느릿느릿했지만, 마음 깊은 곳에서 무언가를 툭툭 흘려보내는 동작이 살아온 세월을 느끼게 했다. 그렇게 두 사람이 춤을 추었다. 왈츠도 탱고도 아닌, 그냥 제멋대로 추는 엉터리 춤이었다. 한 손엔 우산을 한 손엔 카메라를 들고 이 장면을 촬영하던 로저가 멈칫했다. 나도 저 빗속으로 뛰어들어가야 할까. 카메라가 젖으면 어떻게 하지. 하지만 머리로 판단하기 전에 몸이 먼저 움직이고 있었다. 로저는 삼각대 설치 후 그 위에 방수 커버를 씌운 카메라를 올린 뒤 녹화 버튼을 눌렀다. 그리고 그대로 빗속으로 뛰어들었다. 카메라를 쥐었던 손이 자유로워지자 묘한 기분이 들었다. 팔을 공중으로 마구 휘저었다. 다리를 들어 껑충껑충 뛰었다. 그것이 로저의 춤이었다.

준상은 조금 떨어져 선 채 흰색 우비를 입은 유령처럼 세 사람을 멍하니 지켜보고 있었다. 사람들이 꼭 미친 것 같았다. 한편으로는 부럽기도 했다.

“준상!”

킴스가 손짓했다. 도로시와 로저도. 노랑, 초록, 파랑, 세 개의 손이 그를 향해 뻗었다. 무용 전공자의 몸이 반응했다. 우산을 쓴 준상의 발이 움직였다. 점이 선이 되고 선이 원을 그렸다. 오른쪽 발을 중심축으로 3회전. 위로 아래로. 왼쪽에서 오른쪽으로. 우산도 춤의 도구가 되어 빗속을 휘저었다. 이내 우산이 준상의 손에서 접히고 공중으로 날아갔다. 빗줄기가 두 팔의 궤적을 따라 흘렀다. 그의 춤이 말을 하고 있었다. 새장을 벗어난 새 한 마리가 세상 밖으로 날아올랐다. 네 사람이 빗속에서 춤을 추었다. 노랑, 초록, 파랑, 흰색 우비가 빙글빙글 돌았다. 도로시는 물웅덩이를 찾아 첨벙 뛰어들었다.

“하하하!”

웃음이 터졌다. 도로시가 웃자 세 사람도 덩달아 웃기 시작했다. 언제 이렇게 웃어봤는지 기억나지 않았다. 어린 아이가 되어 여섯 살 때, 비 오는 날 엄마 손을 잡고 물놀이를 하던 시절로 돌아갔다. 우산 따위는 집어 던지고 빗속으로 뛰어들던, 세상에 아무 걱정 없던 그때로. 그때는 행복하고 안전했다. 도로시가 한참을 웃다가 서서히 웃음을 멈추었다. 그녀의 눈 밑으로 빗물이 흘러내렸다.

워우워. 워우워.

노래인지 울음인지 알아채기 힘들었다. 얼마 만의 해방감일까. 어둠 속에 갇혀 있던 아이가 밖으로 나왔다. 그 손, 그 냄새, 그 어둠이 스쳐 지나갔다. 지금 옆에서 같이 춤추는 이들이 보였다. 자신과 닮아 있는 사람들. 따뜻한 사람들. 빗물이 계속 쏟아졌다. 하늘이 울고 있었다. 아니, 하늘이 도로시의 마음을 대신해 울고 있었다.

도로시에게는 아직 씻기지 않은 게 있었다. 자기 자신, 15년 동안 모른 척했던, 마치 다락 안에 숨겨놓듯 가두었던 어린 시절의 자기 자신이었다. 문득 그 생각이 떠오르자 저절로 다리의 힘이 빠졌다. 도로시는 진흙탕에 그대로 주저앉아 눈을 감았다.

빗소리가 멈추고 저 멀리 어둠 속에서 누군가 걸어오는 것이 보였다. 열한 살쯤 되어 보이는 여자아이였다. 젖은 머리카락이 얼굴을 가리고 있었다. 아이는 길 한가운데 멈춰 서서 그 자리에 앉았다. 양쪽 다리 사이에 얼굴을 묻고 웅크린 채 떨고 있었다. 나다. 그 시절의 나. 아무에게도, 엄마에게도 말하지 못해 혼자서 삼키고 또 삼켰던, 그래서 목이 막혀버려 노래밖에 할 수 없었던 그 아이다. 도로시가 오른쪽 팔을 뻗으며 다가가자 아이가 움찔하며 몸을 더 웅크렸다.

"무서워하지 마."

목소리가 가늘게 흔들렸다.

"나야. 너, 맞아."

아이는 고개를 들지 않았다. 도로시가 무릎을 꿇고 아이와 눈높이를 맞추며 말했다. 나야, 미안해. 아이가 조금 움직였다.

"네 잘못이 아니야. 한 번도 네 잘못이었던 적 없어."

아이의 어깨가 떨렸다. 얼마나 무서웠을까. 얼마나 아팠을까. 아무한테도 말 못 하고 얼마나 외로웠을까. 도로시가 입술을 깨물었다.

“너를 아프게 내버려뒀어. 미안해. 정말 미안해.”

아이가 고개를 들었다. 도로시와 아이의 눈은 같은 눈을 하고 있었다. 같은 두려움에 떨고 같은 상처에 아파하는, 15년 전에 멈춰버린 나의 눈.

“사랑해.”

도로시가 말했다.

“지금까지 부서지지 않고 여기까지 온 너를.”

아이의 눈가가 붉어졌다.

“이제 얘기해 줘.”

아이가 움찔했다.

“네 얘기. 그동안 얼마나 힘들었는지 내가 다 들을게. 밤새도록이라도.”

도로시가 팔을 벌렸다.

아이는 잠시 망설였지만 조심스럽게 발을 뗐다. 한 발, 두 발 다가와 도로시의 품에 안겼다. 15년 동안 혼자서 떨고 있던 작고 차가운 몸을 도로시는 있는 힘껏 꼭 끌어안았다. 아이도 도로시를 안았다. 작은 팔이 처음에는 약하게, 그러다 점점 세게 등을 감쌌다. 얼마나 안고 있었을까, 아이의 떨림이 서서히 잦아들었다. 차가웠던 몸이 따뜻해졌다.

　괜찮아. 아이의 목소리가 들렸다. 아니, 느껴졌다. 너도 이제 괜찮아. 나도 이제 괜찮아. 아이가 도로시를 올려다보며 웃었다. 아이의 몸이 빛처럼 흩어지더니, 반딧불처럼 작은 빛들이 공중으로 흩날리다 도로시의 가슴속으로 스며들었다. 한 조각, 한 조각. 도로시는 텅 비어 있던 곳이 채워지는 느낌, 잃어버렸던 무언가가 돌아오는 느낌을 받으며 눈을 떴다. 순간, 도로시의 입에서 노래가 흘러나왔다.

　미안해, 네 잘못이 아니야. 사랑해, 너를 사랑해.

　아무도 듣지 않는 노래였다. 오로지 자신만을 위한 노래, 하늘을 향한 노래였다. 공교롭게도 그 순간이 로저의 카메라에 고스란히 담기고 있었다.
　어느새 비가 그쳤다. 문득 무릎에서 한기가 느껴졌다. 발은 온통 진흙투성이에, 온몸이 젖어 있었다. 그럼에도 가슴만은 따뜻했다. 킴스와 로저, 준상이 멀찍이 서 있었다. 세 사람 모두 젖은 얼굴로 도로시를 바라보았다. 아무도 가까이 다가오지도, 묻지도 않은 채 그녀에게 필요한 시간을 주고 있었다. 도로시가 일어섰다. 네 사람이 온몸이 젖은 채로 나란히 섰다. 노랑, 초록, 파랑, 흰색 우비가 일렬로 걸었다.

킴스가 선창으로 김현식의 '비처럼 음악처럼'을 소리 높여 불렀다. 로저도, 도로시도, 준상까지 따라 불렀다. 얼마 지나지 않아 하늘이 밝아지더니 구름 사이로 햇살이 비쳤다. 금빛 햇살에 아직 맺혀 있던 빗방울이 반짝였다.

"무지개다!"

누군가가 외쳤다. 하늘에 무지개가 떴다. 빨주노초파남보. 선명한 일곱 빛깔은 땅에서 치솟아 하늘을 가로지르며 메세타의 끝없는 평원 위로 다리를 만들었다. 네 사람이 무지개를 바라보았다.

로저가 서둘러 카메라를 들고 셔터를 눌렀지만 아무 반응도 없었다. 놀라서 들여다보니 배터리가 나가 있었다. 무지개가 눈앞에 있는데, 세상에서 가장 아름다운 무지개가.

"아이참. 배터리가…… 배터리가 나갔어요."

"로저, 눈으로 보고 마음에 담아요."

망연자실한 로저에게 킴스가 타이르듯 말했다. 그 말에 로저는 처음으로 렌즈 없이, 프레임 없이 그냥 두 눈으로 무지개를 바라보았다. 이상했다. 카메라로 볼 때와 달랐다. 더 넓고, 더 깊어 보였다. 비 온 뒤의 흙냄새가 코끝을 파고 들었다. 노랑, 초록, 파랑, 흰색 네 개의 우비가 햇살에 반짝였다.

어느덧 온몸이 젖어 있었다. 우비를 입었지만 속옷까지 흠뻑 젖었다. 네 사람은 다시 걸었다. 젖은 신발이 질퍽거렸지만 발걸음은 가벼웠다.

알베르게에 도착하자마자 도로시는 샤워를 만끽했다. 뜨거운 물이 몸을 감싸는 느낌은 너무 좋았다. 샤워를 마친 후 자처해서 빨래까지 도맡았다. 노랑, 초록, 파랑, 흰색 우비가 네 개의 깃발처럼 나란히 바람에 펄럭였다.

로저는 카메라 렌즈를 바라보며 일기를 썼다. '오늘 배터리 방전으로 카메라가 꺼졌다. 그래서 환상적인 무지개를 마음에 담았다. 진짜 세상을 봤다.'

같은 시각, 킴스는 알베르게 주방에서 프라이팬을 달구고 있었다. 그때 도로시가 주방 문을 열고 들어섰다. 누가

시키지도 않았는데 칼을 집어 들고 하얗게 속살을 드러낸 양파를 썰기 시작했다. 옆에서 양파를 써는 도로시를 보며 킴스가 다정하게 말했다.

"비 오는 날엔 빈대떡이 생각나요."

"빈대떡이요?"

"기름에 익어가는 소리가 빗소리랑 어울려요. 그래서 비가 올 때면 가끔 파전이나 김치전을 지져요."

킴스가 반죽을 프라이팬에 부었다. 지글지글 소리가 경쾌하게 퍼져나갔다.

"근데 여긴 스페인이잖아요."

"그래서 스페인식으로. 토르티야랑 빈대떡을 섞어서."

킴스가 완성된 요리를 접시에 담으며 말했다.

"오늘의 요리, '비가 오면 빈대떡이 생각나. 빈대떡을 먹다 보면 당신이 생각나'."

모두 한바탕 웃고는 킴스의 요리를 한입씩 베어 물었다. 바삭하고 고소했다. 음식이 주는 위로가 있다는, 배가 따뜻해지면 마음도 편안해진다는 킴스의 말과 창밖의 빗소리가 정답게 어우러졌다. 기름 냄새와 빗소리는 제법 잘 어울렸다.

로저가 선곡한 스페인 대중음악 '에레스 뚜'가 주방에 울려 퍼졌다. 따뜻한 음식과 감미로운 음악이 넷을 따스하게 감쌌다. 잠시 후 킴스가 스페인과 포르투갈 지역의 스튜 요리인 코시도를 내오며 말했다.

"오늘 정말 미친 짓 했죠?"

걸쭉한 콩 스튜가 김을 모락모락 피워냈다.

"인생에서 가장 미친 순간이었어요. 근데 가장 행복했어요."

웃음기 가득한 로저의 말에 도로시가 꿈을 꾸는 듯한 표정으로 화답했다. 이어서 준상이 입을 열었다.

"저도…… 오늘이 가장 행복했어요."

세 사람이 그를 바라보았다.

"순례길 시작하고 처음으로 웃었어요."

준상이 떨리는 목소리로 한 음절 한 음절 힘주어 말을 덧붙였다.

"고마워요. 같이 있어줘서."

준상의 말이 끝나자 로저는 무언가 말하려다 머뭇거렸다. 사과를 하고 싶었다. 이 분위기에서 말을 꺼내면 왠지 부드럽게 넘어갈 것만 같았다. 하지만 차마 미안하다는 말이 입 밖으로 나오질 않았다. '난 왜 결정적일 때 해야 할 말을 하지 못하지?'라는 생각만 머릿속에 맴돌았다. 로저는 문득 대학 시절 짝사랑했던 여학생이 떠올랐다. 좋아한다고 한 번도 말을 못 했다. 지금껏 가장 후회되는 일이었다. 그래서 유튜브 채널명에도 '챌린저'를 붙였다. 불가능해 보여도 뭐든 도전해 보는 인생. 그런데 정작 가장 하고 싶은 말들은 언제나 목구멍에서 멈췄다.

언제 그랬냐는 듯 비가 그치고 하늘이 맑아져 있었다. 석양이 구름을 붉게 물들였다. 준상은 오랜만에 고개를 들어 하늘을 바라보았다. 이런 날도 있구나. 이렇게 행복한 날도. 혜지야, 너도 이 길에서 이런 날을 보내고 싶었겠지. 와인과 이야기가 무르익으며 밤도 익어갔다. 별이 하나둘 떠올랐다. 비가 씻어낸 하늘이라서인지 별들이 더 밝게 빛났다.

20일째 날, 레온으로 향했다. 해가 뜨기 전에 출발해 등 뒤에서 붉은 해가 떠오르는 시간까지 2시간가량을 걸었다. 끝없이 이어진 길에서 아무리 걸어도 목적지가 나타나지 않을 것만 같았다. 길 옆으로는 간혹 자동차들이 빠르게 지나쳤다. 똑같은 풍경과 소음들이 지루함을 불러올 무렵, 걷는 내내 그림자가 자신보다 앞서 걸었다. 멀리 드디어 레온 시가 눈에 들어왔다. 신기루처럼 가까워 보이던 시가지도 아무리 걸어도 가까워질 기미를 보이지 않았다. 로저는 속으로 생각했다. 이 길은 어쩌면 내 지난 4년과 닮았는지도 몰라. 가도 가도 끝이 없을 것만 같고, 늘 똑같이 이어진 풍경들.

"순례길에서 제일 지루한 구간이 여기 아닐까요."

로저가 투덜거렸다.

그렇게 한참을 더 걸어서 드디어 레온에 도착했다. 일행은 알베르게에 짐을 풀고 레온 대성당 앞에 모였다. 부르고스 대성당이 돌로 쌓은 시라면 레온 대성당은 빛으로 그려낸 시였다. 대성당 앞에 섰을 때 네 사람 모두 말을 잃었다. 고딕 양식의 첨탑이 하늘을 찌를 듯 솟아 있었다. 한참을 그렇게 서 있었다. 앞서 도착해 대성당 앞 야외 카페에서 맥주를 마시던 루카와 크리스티가 일행을 발견했다.

"여기요. 반갑습니다."

한국말로 인사를 건네며 반갑게 손을 흔들었다. 네 사람은 그들과 합류해 생맥주를 시켰다. 시원한 맥주잔을 부딪히며 하늘 높이 치켜들었다. 한참 동안 이어진 수다를 뒤로하고 일행은 대성당 투어에 나섰다.

안으로 들어서자 100개가 넘는 스테인드글라스로 빛이 쏟아졌다. 붉고 푸른빛에 금빛과 초록 빛깔까지, 성당 안이 온통 찬란하게 빛났다. 유리창을 통과한 햇살이 돌바닥 위에 무지개를 그렸다. 창세기부터 요한계시록까지, 성경 이야기가 빛과 색으로 유리창에 새겨져 있었다.

로저도 준상도 빛의 한가운데에 한참을 섰다. 빛이 얼굴 위로 쏟아졌다.

"한국 분들이시네요."

뒤에서 목소리가 들렸다. 돌아보니 한국인 신부였다. 자신을 김 베드로 신부라 소개한 그는 자신도 순례길을 걷는 중이라고 했다. 그가 성당을 안내해 주었다. 스테인드글라스 하나하나에 담긴 이야기, 성인들의 삶, 순례자들의 기도도 함께 들려주었다.

"이 창문, 수백 년 전 장인이 만들었어요. 그 사람 이름은 아무도 몰라요. 하지만 작품은 남았죠."

도로시가 창문을 올려다보았다. 이름을 모르는 장인이

남긴, 오랜 세월 동안 빛을 발하는 작품. 나도 그런 노래를 만들고 싶다. 킴스가 신부에게 이번 순례길이 몇 번째냐고 물었다. 세 번째라고 했다. 신학생 때 한 번, 사제 서품 후 한 번, 그리고 지금. 킴스도 로저도 김 신부의 이야기에 흠뻑 빠져들었다. 로저는 양해를 구하고 그 이야기들을 카메라에 담았다.

세 번의 순례길은 매번 달랐다고 했다. 처음엔 무엇이든 할 수 있다는 자신감을 얻었고, 두 번째엔 앞으로 어떻게 살아야겠다는 깨달음을 얻었다고 했다. 그리고 지금, 세 번째 길에서는 아직 무엇이 기다리는지 모르겠다고 했다. 로저는 잠시 렌즈에서 눈을 떼고 신부를 지그시 바라보았다. 나도 완주를 하고 나면 저 신부님처럼 될 수 있을까.

준상은 문득 김 신부에게 마음을 털어놓고 싶다는 생각이 들었다. 왠지 그에게라면, 이 막막한 상황에 대해 뾰족한 해답을 들을 수 있을 것만 같았다. 하지만 결국 아무 말도 꺼내지 않았다. 일행과 김 신부의 이야기는 성당을 나와 근처 작은 카페에서도 이어졌다. 김 신부는 레온에서 일주일 동안 머물다가 다시 순례길에 나선다고 했다.

PART 4

생각하다

CHAPTER 11

내려놓기
철의 십자가

23일째 날 새벽 네 시, 네 사람은 아스토르가를 떠났다. 가우디가 지은 주교관이 동화 속 성처럼 어둠 속에 희미하게 서 있었다. 넷은 별이 쏟아지는 하늘 아래 오로지 헤드랜턴 불빛에만 의지해 걸었다. 오늘의 목적지는 특별했다. 크루스 데 페로, 철의 십자가. 킴스가 짐짓 엄숙한 말투로 말했다. 오늘은 중요한 날이라고. 폰세바돈을 지나면 바로 순례자들이 각자 고향에서 가져온 돌을 내려놓는 철의 십자가가 나온다고 했다.

"가져온 돌이 없다면 순례길에서 주운 돌이라도 가져가서 마음을 담아 십자가 앞에 놔요."

오늘 걸어야 하는 곳은 산길이었다. 그것도 해발 1,500미터로 순례길에서 가장 높은 구간 중 하나이다. 오르기 전부터 지레 겁이 났지만 킴스는 오늘만큼은 포기할 수 없었다. 이번에는 꼭 내려놓아야 할 것이 있었다.

정상에서 내려다본 풍경은 장관이었다. 산 아래로 초원이 아득히 펼쳐져 있었다. 구름도 그들의 발밑에 있었다. 하늘이 손에 닿을 듯했다. 준상은 피레네 산맥을 넘다가 무의식적으로 집어 든 작은 조약돌을 매만지고 있었다. 너무 예뻐서 차마 던져버리지 못하고 주머니에 넣었는데, 어느새 애착이 생겼다. 그러면서 머릿속엔 온통 그 생각뿐이었다. 오늘 말해야 하나, 그동안 혼자 짊어진 것을 말하면 어떻게 될까. 다들 나를 어떻게 볼까. 킴스의 뒷모습이 눈에 들어왔다. 묵묵히 걸으며 언제나 곁에 있어 준 사람. 저 사람에게는 말할 수 있을 것 같다. 도로시와 로저도 있었다. 각자의 상처를 안고 여기까지 온 사람들이다. 혼자 안고 가면 평생 무거울 거야. 알아. 알면서도 비밀을 털어놓기는 결코 쉽지 않았다.

넷은 폰세바돈에서 간단히 쉬고 다시 산길을 올랐다. 작은 봉우리를 넘는데도 숨이 찼다. 철의 십자가가 가까워질

수록 심장이 빨라졌다. 킴스는 생각했다. 이걸 놓으면……
정말 끝일까?

산길을 오르는 동안 킴스와 로저, 준상이 조금씩 앞서
나갔다. 도로시는 자신도 모르게 발걸음이 느려졌다. 어른
이라 불리는 사람들로부터 받은 상처를 자신의 잘못으로
만 생각해왔다. 버려짐과 추행, 결코 생각조차 하기 싫은
단어들을 왜 이토록 오랜 시간 떨쳐내지 못하고 있을까.
배낭 끈을 고쳐 잡았다. 저 앞에 철의 십자가가 있다고 했
다. 내려놓는 곳이라고 했다.

오후 늦게야 철의 십자가가 보이기 시작했다. 높은 나무
기둥 위, 철로 만든 십자가가 돌무더기 가운데서 하늘을
찌를 듯 솟아 있었다. 단순하고 꾸밈없었지만 그래서 더
강렬했다. 그 아래에 쌓여 있는 작은 돌, 큰 돌, 둥근 돌, 뾰
족한 돌들은 셀 수도 없이 많았다. 각각의 돌마다 사연이
있었다. 돌에는 누군가의 짐이 담겨 있었다. 모두 우뚝 멈
춰 섰다.

킴스가 먼저 다가가 주머니에서 지갑을 꺼냈다. 투명 비
닐에 담긴 작은 사진. 아내가 활짝 웃고 있었다. 3년 동안
품고 다닌 것이다. 조심스럽게 양쪽 무릎을 꿇었다. 차가운

돌이 무릎뼈를 눌렀다. 여보, 입술을 깨물고 마음속으로 내뱉었다.

'여보, 나 다시 왔어. 작년에도 여기 왔었어. 선배랑. 근데 그땐 내려놓지 못했어.'

갓 낳은 딸아이를 품에 안은 자신의 모습이 담긴 사진을 내려다봤다. 인생에서 가장 행복한 순간이었다. 킴스는 아내를 바라보며 속으로 말했다. 이제 내려놓으려고 해. 미안함을, 죄책감을. 당신이 원하는 게 그거잖아. 내가 수아랑 행복하게 사는 거. 그리고 사진을 돌무더기 위에 올려놓았다. 손끝이 떨려왔다. 바람이 불어 사진도 미세하게 떨렸다.

햇살은 손으로 움켜쥘수록 빠져나가잖아. 어쩌면 사랑도, 사람도 그럴지 몰라. 붙잡으려 할수록……. 수아도 언젠가 깨닫겠지. 킴스가 잠시 고개를 숙였다가 천천히 몸을 일으켜 뒤로 물러났다.

뒤이어 도로시가 다가갔다. 주머니에서 돌을 꺼냈다. 생장에서부터 품고 온 돌은 차갑고 날카로웠다. 돌무더기 앞에 쪼그려 앉은 도로시는 아빠, 하고 불렀다. 그 단어를 입밖으로 꺼낸 게 얼마 만인지. 아빠의 얼굴도 목소리도 기억하지 못한다. 하나도 기억나지 않는다. 아빠가 들려주던 멜로디도, 아빠의 손도, 품도. 아빠가 남긴 것이라곤 먼지 쌓인 채 창고에 버려져 있던 토토뿐이다. 도로시는 마음 속으로 말을 이어 나갔다.

긴 시간 동안 원망했어. 그런데 이제 알 것 같아. 아빠도 힘들었겠지. 꿈을 이루지 못해서, 가족을 지키지 못해서. 그래서 도망친 거지, 나처럼.

도로시가 돌을 조심스럽게 돌무더기 위에 올려놓으며 말했다.

"용서할게, 아빠."

토토의 줄이 울리는 것 같은 환청이 들렸다. 코드 하나. 마치 아빠가 대답하는 것 같았다.

그리고 또 한 사람이 떠올랐다. 꺼내고 싶지 않았던 기억 속 그 남자, 새아버지, 그리고 어둠 속에서 다가오던 더러운 손. 오늘만큼은 봉인해 두었던 과거와 마주해야 했다. 도로시는 그만 눈을 질끈 감고 고개를 떨구었다. 그 기억을 꺼내는 것만으로도 손이 떨렸다. 그 사람만큼은 용서하고 싶지 않았다. 적어도 억지로 용서하는 척하고 싶지 않았다. 하지만 이내 도로시는 고개를 들었다. 이윽고 작은 돌멩이 하나를 집어 들었다. 힘껏 집어던진 검고 날카로운 돌은 금세 절벽 아래로 멀리 사라졌다.

이제 알아. 그건 내 잘못이 아니었어. 어린 내가 할 수 있는 건 아무것도 없었어. 더 이상 그 기억에 끌려다니지 않을 거야. 그 사람 때문에 내 인생을 망가뜨리지는 않을 거야.

다음으로 로저가 다가갔다. 주머니에서 작은 돌을 꺼냈다. 한강 변에서 주워 순례길까지 고이 가져온 돌이었다. 로저는 돌무더기 앞에 한쪽 무릎을 꿇고 순례자들이 내려놓은 돌들을 카메라로 천천히 담아 내려가다 갑자기 촬영을 중단했다. 돌 틈에 낀 편지와 사진들이 눈에 들어왔다. 누군가의 간절한 기도를 기록하는 행위가 문득 어리석게 느껴졌다. 잠시 멈춰 서 있던 로저가 카메라를 내렸다. 이 순간만큼은 자신의 이야기에 집중하기로 마음먹었다.

매일 남들과 자신을 비교했다. 누가 더 빨리 가는지, 누가 먼저 앞서 나가는지 확인하느라 정작 자신의 길을 보지 못했다. 서른이 늦었다고 생각했다. 20대가 그냥 지나갔다고. 그런데 아니었다. 남들 시선과 속도에 맞추느라 내 길을 못 본 거였다. 이제 그만 비교할게, 돌을 내려놓으며 속삭였다. 비교하는 마음은 여기 두고 갈게. 이제 내 속도로

갈게. 로저의 눈시울이 뜨거워졌다.

마지막으로 준상의 차례가 되었다. 세 사람이 말없이 뒤에서 지켜보았다. 주머니에서 돌을 꺼내는 준상의 손끝이 미세하게 떨렸다. 십자가 아래, 돌무더기 앞에 우두커니 서서 눈을 감았다. 매일 밤 찾아오던 그 장면은 이제 눈을 감지 않아도 보인다. 눈을 떠도, 감아도 보인다. 어디를 걸어도 따라온다. 눈을 뜨고 돌을 내려놓으려 했지만 손은 뜻대로 움직이지 않았다. 준상의 안에서 어떤 목소리가 들려왔다.

이걸로 끝? 사람을 죽였는데?

30일 동안 혼자 짊어지고, 누구에게도 말하지 못한 것. 돌 하나에 담기에 그것은 너무 무거웠다. 돌 대신 주머니 속 손수건이 만져졌다. 30일 동안 하루도 빠짐없이 만졌던 손수건의 꽃문양이 오늘따라 더 또렷하게 느껴졌다. 혜지야, 미안해. 준상의 어깨가 들썩였다.

준상은 철의 십자가를 올려다보았다. 왜 여기까지 온 걸까. 뭘 두고 온 걸까. 뭘 찾으려 했던 걸까.

답은 여기에 없었다.

800킬로미터를 걸으면 달라질 거라고 생각했다. 이 길의 어딘가에 자신을 용서해 줄 무언가가 있을 거라고. 그런데 아니었다. 걸을수록 더 무거워졌다. 피레네를 넘을 때도, 메세타를 건널 때도, 매일 밤에 눈을 감으면 그날의 소리가 되살아났다. 가장 어둡고 차가운 곳으로 돌아가야만 한다는 걸 알면서도 계속 반대 방향으로 걸어왔다. 도망쳐 나온 그곳, 무서운 그곳으로.

그런데 이상하게도 오히려 이곳이 지옥이었다. 가도 가도 끝이 없는 어둠이었다. 현실은 서울에 있는데 자신은 여기서 순례자인 척 걷고 있었다. 이 길이 지옥이고, 지금 이 순간이 지옥이었다. 사실은 이곳이 현실 바깥이었다.

마주해야 한다.

준상은 주머니 속 손수건을 꺼내 바라보았다. 혜지의 손이 느껴지는 것 같았다. 수를 놓던 그 손. '도망치지 말고 마주하자. 죄의 대가를 마땅히 받자'는 말이 처음으로 도망이 아닌 용기처럼 들렸다. 희망은 오히려 그곳에 있을지도 몰랐다. 혜지가 있는 곳, 엄마 아빠가 있는 곳, 꿈이 있는 그곳에. 일상이 있는 그곳에.

돌아가야 한다. 그게 이 길이 자신에게 주는 유일한 답이었다.

두려움을 안고도 한 발 내딛는 것, 그게 용기라고 생각했다. 지금 이 순간, 귀국해서 현실과 마주하는 것이야말로 두려움을 없애는 유일한 방법이었다. 계속 도망치면 두려움은 점점 커질 뿐이다. 평생 그림자처럼 따라다닐 거다.

그래도 마주해야 해. 그래야 끝이 나.

킴스가 다가와 말없이 그의 어깨에 손을 얹었다. 그 온기에, 따스한 무게에 준상은 무너졌다.

"저……."

목소리가 새어 나왔다. 처음으로. 세 사람이 멈추고, 바람도 멈추었다.

"사람을…… 죽였어요."

세상의 모든 시간이 멈춘 것 같았다.

"사람을…… 죽였어요. 제가."

준상이 고개를 떨궜다. 이윽고 다리에 힘이 풀려 그 자리에 주저앉았다.

"혜지는 제 여자 친구예요."

숨을 들이쉬고 내쉬고, 다시 들이쉬며 준상은 힘겹게 말을 이었다. 손바닥에 땀이 배고, 말끝이 떨렸다.

"그 남자는 혜지의 전 남자 친구였어요."

눈물 때문인지 기침이 몇 차례 콜록콜록 튀어나왔다.

"헤어지자고 하니 계속 따라다니고, 협박하고, 때리고."

고개를 숙였다.

"그날 밤에도…… 그 남자가 혜지를 때리고 있었어요. 아무도 없는 곳에서. 저는 그냥…… 밀었어요. 혜지를 지키려고."

잠시 침묵이 흘렀다. 킴스가 준상의 옆으로 다가와 앉아 살포시 어깨동무를 했다. 무겁지 않았다. 그의 손에서는 따뜻함만이 느껴졌다.

"그래서?"

킴스가 낮은 목소리로 말했다.

"그 남자가 계단에서 굴러떨어졌어요."

울음 섞인 목소리에서 자조적인 웃음소리가 들렸다.

"머리에서 피가 나고…… 움직이지 않았어요. 저는…… 도망쳤어요."

목소리가 갈라졌다.

"무서워서 그냥 도망쳤어요. 혜지도, 그 남자도 두고. 그리고 저 자신도 두고."

어깨가 들썩였다. 30일 동안 숨기고 혼자 짊어졌던 것이 터져 나왔다. 눈물에 젖은 하얀 손수건을 손에 쥐고 속삭였다. "혜지야, 미안해. 돌아갈게." 눈물과 콧물이 돌 위로 뚝뚝 떨어지고 있었다.

이후 긴 침묵이 흘렀다. 침묵을 깬 건 킴스였다.

"폭력으로부터 사랑하는 사람을 지킨 거예요."

"하지만 저는……."

"문제는 도망친 거예요. 확인하지 않고 도망친 건 분명히 잘못이야."

준상이 고개를 들었다. 스물한 살의 청년은 눈물로 온통 얼굴을 적시고 있었다. 얼마나 울었는지, 코가 빨갛게 물들어 있었다.

"돌아가야 할 것 같아요."

준상이 떨면서도 말을 이었다.

"이 상태로 더 이상은 못 걷겠어요."

킴스의 손이 준상의 어깨를 꽉 잡았다. 마치 절대 놓지 않겠다는 듯. 도로시와 로저는 조용히 뒤에 서 있었다. 로저의 카메라도 변함없이 꺼져 있었다. 촬영하고 싶은 마음이 없지는 않았지만, 이 장면을 찍어선 안 된다는 건 알고 있었다. 네 사람이 한참 동안 철의 십자가 앞에 섰다. 말없

이 고요한 속에서 오직 바람 소리만 들렸다. 하늘이 붉게
물들었다.

CHAPTER 12

마주할 용기

결심

24일째, 로저와 킴스가 새벽 안개를 헤치고 굽이굽이 내리막길을 몇 시간 걷고 나서야 성채가 온 도시를 굽어보는 폰페라다에 도착했다. 역사를 머금은 돌로 쌓인 육중한 성벽이 하늘을 막아섰다. 중세의 기사들이 금방이라도 걸어 나올 것 같았다. 두 사람은 폰페라다 성 앞 야외 테라스에 자리를 잡고 앉아 커피를 홀짝였다. 한 시간 뒤쯤 도로시가 도착해 테이블에 합류했다. 세 사람은 폰페라다 성을 바라보며 성의 역사와 기사단에 대해 한참이나 이야기꽃을 피웠다. 간혹 다리를 지나 도시 입구로 들어서는 순례객들을 바라보며 "올라, 부엔 까미노"로 인사를 주고받았다.

철의 십자가에서의 고백 이후, 준상의 세상은 달라져 있었다. 밤새 잠을 자지 못한 듯 눈이 충혈돼 있었지만 표정은 어제보다 평온했다. 일행보다 두 시간 늦게 출발한 준상은 걷는 내내 어제의 일을 떠올렸다. 감당하기 힘든 비밀을 혼자 품고 있을 때와 누군가에게 털어놓았을 때의 무게가 이렇게 다른 줄 처음 알았다. 혜지가 전부인 세상에서 혜지를 빼버린 세상으로 온 것이 잘못이었다. 오히려 그때 혜지 옆에 남아 있어야 했는지 모른다. 하지만 혜지의 소중함도, 자신의 처지도 이렇게 멀리 떠나왔기 때문에 보인 게 아닐까. 발걸음도 가볍고 이제야 주변 풍경들이 눈에 들어오기 시작했다. 구불구불 이어진 아스팔트 길 아래로 마을들이 내려다보였다. 저 마을에는 어떤 사람들이 살고 있을까. 한참을 걸어 나타난 마을의 레스토랑에 들어가 또르띠아와 오렌지 주스를 주문했다. 얼마만의 여유일까. 또르띠아는 그 어느 때보다 포만감이 컸고, 신선한 오렌지 주스는 시원했다. 오랜만에 순례자 여권을 꺼내 스탬프 도장을 찍고 펜으로 날짜와 장소, 그리고 짧은 메모를 남겼다. '자수 결심.' 식당을 나온 준상은 숨을 들이마시고 주머니에서 휴대폰을 꺼냈다. 전원 버튼으로 가져가는 손에서 땀이 났다. 한 달 동안 피해왔던 현실이 작은 기계 안에 담겨 있었다. 전원 버튼을 길게 눌렀다. 로고가 뜨고 잠시 후, 진동이 시작되었다. 부르르, 부르르, 부르르 쏟아지듯 울리는 진동은 한참 동안 멈출 줄을 몰랐다. 화면이 알림으로 가득 찼다. 스크롤해 봐도 끝이 없었다. 123통의 부재중 전화 그리고 87개의 문자. 카카오톡은 읽지 않은 메시지만 412개나 되었다. 엄마, 아빠, 친구들 그리고 혜지였다. 혜지에게서 온 메시지가 가장 많았다. 그리고 모르는 번호들.

아마도 경찰이나 기자겠지. 준상은 화면을 내려다보았다. 손가락 끝이 저렸다. 겨우 문자 하나를 열어보았다. 엄마였다. '준상아 어디 있어. 경찰에서 연락 왔어. 제발 전화해.' 다음 문자는 아빠였다. '집에 형사가 왔다 갔다. 너 뭔일 있는 거냐. 당장 연락해라.' 그리고 그다음은 경찰서. 참고인 조사를 받으러 경찰서에 오라는 문자였다.

혜지에게서 온 문자는 수십 통이었다. 미리보기에 '제발'이라는 글자가 시선을 고정시켰다. 문자를 하나하나 눌러보던 손가락이 떨고 있었다. 차마 혜지의 문자를 열기가 두려웠다. 혜지의 문자를 열면 결과를 알게 된다. 그 사람이 죽었는지 살았는지도 알 수 있을 것이다. 못 보겠다, 아직은. 휴대폰을 든 손이 부들부들 떨렸다. 눈앞이 흐려졌다.

죽었을까, 살았을까. 모르겠어. 알고 싶지 않아. 아니, 알아야 해. 하지만…….

도망치고 싶었다. 휴대폰을 계곡 아래로 던져버리고 영원히 모른 척하고 싶었다. 문득 킴스의 말이 떠올랐다. '도망치면 평생 무거워. 마주해야 해.' 준상은 눈을 감았다. 그러고서 천천히 숨을 내뱉었다. 두려움은 도망친다고 사라지지 않는다고 되뇌었다.

준상은 문자를 더 이상 읽지 않고 휴대폰을 주머니에 넣었다. 결과가 무엇이든 마주하기로 했다. 살인자가 되어 감옥에 갈 수도 있지만, 그래도 괜찮다. 도망치는 것보다 낫다고 생각했다. 혜지에게도, 부모님에게도, 그리고 자신에게도. 준상은 다시 발걸음을 뗐다. 오후 늦게야 폰페라다 알베르게에 도착한 준상은 제일 먼저 킴스를 찾아갔다.

"셰프님. 저 돌아가려고요."

킴스가 준상을 바라보았다. 눈을 한껏 충혈돼 있지만 어제와는 다른 눈빛이었다. 킴스가 한참 동안 준상을 바라보았다. 그리고 고개를 끄덕였다.

"그래. 잘 생각했어. 정말 잘 생각했어."

네 사람이 저녁 식사를 위해 테이블에 둘러앉았다. 킴스가 준상을 바라보며 눈짓으로 격려했다. 준상은 입을 열었다. 더 이상 파하지 않고 돌아가서 조사받겠다고 했다. 도로시의 눈이 커졌다. 로저도 놀란 표정이었다. 준상은 결과가 뭐든 마주하기로 마음먹었다며 말을 이었다. 도로시가 말없이 조심스럽게 준상의 손을 잡았다. 로저는 주먹을 쥐어 준상 앞에 내밀었다. 준상도 말없이 자신의 주먹을 로저의 주먹에 가져다 댔다.

킴스는 맡겨둔 토토도 찾고 준상의 배웅도 할 겸, 마드리드까지 같이 가자고 제의했다.

"경비는 내가 낼 테니 어때요?"

넷이 함께 갔다가 준상을 보내고 함께 돌아가자는 것이었다.

그날 밤, 도로시는 잠이 오지 않았다. 누군가 자신의 가장 무거운 것을 꺼내놓는 것을 보았다. 그러자 자신 안에서도 무언가가 올라오려 했다. 도로시는 킴스를 찾았다. 절대 용서할 수 없는 한 사람 때문에 자신의 인생이 비참해졌다는 생각을 떨쳐 버리고 싶었다. 킴스에게는 해답이 있을 것이라고 생각했다.

도로시는 용기를 내어 새아버지 이야기를 킴스에게 꺼냈다. 하지만 현실은 달랐다.

"마음에 쌓지 말고 비워. 그래야 본인이 편해져."

"저는 죽어도 용서할 수 없는 것이 있다고 생각해요."

"용서는 상대방을 위한 것도 있지만 진짜 용서는 날 위한 거야."

"셰프님은 말이 참 쉬운 분 같아요. 용서가 쉬워요?"

킴스는 적잖이 당황한 눈치였다. 말이 참 쉬운 사람처럼 느껴진다는 말이 가슴 어딘가에 박혔다.

다음 날 아침 일찍, 준상과 킴스, 로저, 도로시 넷이 마드리드행 기차를 탔다. 풍경이 빠르게 스쳐 지나갔다. 걸어서 온 길을 기차로 되돌아가는 기분은 묘했다.

도로시는 한숨도 못 잤다. 킴스도 마찬가지였다. 말이 쉽다는 말이 아니라, 그 말 뒤에 있었을 시간들이 자꾸 떠올랐다.

도로시는 킴스의 옆자리에 앉아 있던 준상에게 부탁해 자리를 바꿔 앉았다. 생각에 잠긴 듯 창밖을 보고 있던 킴스의 어깨에 살짝 손을 가져다 댔다. 순간 놀란 킴스가 돌아봤다.

"어제는 제가 너무 날이 서 있었어요. 죄송합니다."

고개를 살짝 숙이며 정중히 사과를 건네자 킴스는 미소를 보이며 자신은 괜찮다고 손사래를 쳤다. 마드리드에 도착해 제일 먼저 악기 수리점에 들렀다. 전문가의 손을 거치긴 했지만 토토의 넥을 이어 붙인 흔적은 어쩔 수 없었다. 도로시는 마치 병원에서 치료를 마치고 퇴원하는 아이를 만난 것처럼 조심스럽게 토토를 받아 들어 한참 동안 가슴에 꼭 안았다. 그리고 미리 준비해둔 유성 펜을 킴스에게 건내며 토토의 바디 뒷면에 싸인을 해달라고 부탁했다. "셰프님이 다시 살린 토토예요."

식당에 들러 간단하게 식사를 마친 네 사람은 마요르 광장 근처에 숙소를 잡았다. 마지막 밤을 그냥 보낼 수는 없었다. 광장의 노천카페에서 도로시가 수리된 토토를 꺼냈다. 흉터가 남았지만 소리는 더 깊어진 기타. 그녀가 노래했다. 얼마 전 작사, 작곡을 마친 노래, '나라고'.

어두운 밤 깊은 하늘 별들이 빛나

모두들 말없이 노래를 들었다. 노래는 한동안 광장에 잔잔하게 울렸다.

킴스는 숙소 앞 마트에 들러 갖가지 신선한 요리 재료들을 골라 장바구니에 담았다. 오늘 밤은 준상과의 이별을 요리로 위로해 볼까 하는 마음이었다. 어떤 요리가 좋을까 생각하다가 밤이니 가볍게, 디저트로 하기로 했다.

숙소로 돌아온 밤, 로저가 준상의 방을 두드렸다. 잠깐 얘기 좀 하자는 로저의 말에 준상은 의아한 표정으로 방을 나섰다. 둘이 복도 끝 창가에 섰다. 로저가 어렵게 입을 열었다.

"미안해요."

로저가 말을 이었다. 준상 씨 영상을 수상한 남자라는 제목으로 유튜브에 올렸었고, 조회 수가 꽤 나왔지만 험한 댓글이 많아 결국 지웠다고 했다. 말을 마친 로저가 준상의 눈을 똑바로 바라보았다.

"셰프님의 충고가 컸어요."

로저가 고개를 숙인 채 두 손으로 얼굴을 감싸며 감정을 다잡았다. 잠시 후 말을 이었다.

"하지만 저도…… 셰프님 말씀처럼, 준상 씨 아픔을 팔아서 성공하고 싶지는 않았어요."

준상은 한동안 말이 없었다. 사실 준상은 이미 알고 있었다. 냇가 다리 아래에서 킴스와 로저가 한 이야기를 우연히 엿들은 것뿐만 아니라 영상이 업로드된 이후로 순례자들의 시선이 달라진 것도 느꼈었다. 몇몇이 준상을 흘긋거리며 '영상에 나온 그 남자', '도망쳤다는 사람' 따위의 말을 하는 걸 들었다. 그래서 더 압박감이 목을 조여왔다. 그 압박감은 귀국을 결심하고 나서야 풀렸다. 준상이 로저의 눈을 바라보며 담담하게 말했다.

"난 그냥 누군가를 도와주려고 했어요. 혜지도, 도로시 누나도."

로저는 어쩔 줄 몰라 애먼 머리를 자꾸 쥐어뜯었다.

"나도 화가 났어요. 왜 이런 상황이 됐는지."

준상이 로저의 가슴팍으로 주먹을 내밀며 환하게 웃어

보였다.

"고마워요. 형."

로저는 용서해 줘서 고맙다며 준상의 주먹에 자신의 주먹을 살짝 가져다 댔다. 그때 킴스가 손에 디저트 접시를 들고 나타났다.

"이거 먹고 자요. 이별은 달콤하게, 녹차를 머금은 바나나!"

세 사람이 비로소 편안하게 웃으며 디저트를 나눠 먹었다. 디저트는 놀랄 만큼 달콤했다. 이별의 맛이 아니라 달콤하지만 묘한 성장의 맛이었다. 준상은 바나나 한 입을 베어 물었다. 셰프님의 요리는 역시 특별했다.

네 사람이 바라하스 공항 출국장 앞에 섰다. 이제 헤어질 시간이었다.

"준상 씨, 우리 꼭 또 봐요. 그때는 준상 씨를 위한 노래를 불러줄게요."

도로시가 편지를 건네며 말했다. 킴스도 준상의 어깨를 두드리며 언제든 다시 오라고 말했다. 이 길은 여기 이대로 있을 거라는 그의 말은 준상의 가슴을 온기로 가득 채었다. 로저가 마지막으로 주먹을 내밀었다. 준상도 툭 주먹을 부딪쳤다. 말로 표현되지 않는 무언가가 흘렀다.

"부엔 까미노."

"부엔 까미노."

준상이 돌아섰다. 유리문이 열리고 그가 들어갔다. 검은 배낭을 멘 뒷모습이 점점 작아졌다. 하지만 처음에 봤던 그 도망자의 뒷모습과는 달랐다. 당당하고, 단단했다. 세 사람은 한동안 닫힌 문 앞에 서 있었다. 빈자리가 느껴졌지만 슬프지 않았다. 각자의 자리로 돌아가는 것뿐이니까. 그렇게 준상은 무거운 현실을 마주하기 위해 돌아갔다.

"자, 우리도 가볼까요?"

킴스의 말에 세 사람은 다시 순례길을 향해 발길을 돌렸다.

비행기 안에서 준상은 도로시가 준 편지를 펼쳤다. 처음 봤을 때 무서웠다는 말, 눈이 밝아졌다는 말, 철의 십자가에서 내려놓을 수 있었던 건 준상이 먼저 용기를 냈기 때문이라는 말, 하늘을 보라는 말, 별이 있을 거라는 말, 바람이 불면 그것도 자기일 거라는 말이 적혀 있었다.

준상은 편지를 천천히 접었다. 입가에 옅은 웃음이 잠깐 걸렸다가 사라졌다. 그리고 고개를 돌려 창밖을 바라봤다. 비행기는 벌써 구름 위로 올라와 있었다. 저 너머에는 별이 떠 있을지도 모른다. 그리고 생각했다. ‘하늘을 보라고 했지, 별이 있을 거라고. 나도 별일까? 아닌 것 같은데.’ 하지만 설령 내가 정말 별이라 해도, 별은 혼자서 빛을 낼 수 없다. 혜지, 엄마, 셰프님, 누나, 형……. 준상은 자신을 잠시나마 빛나게 해주었던 이름들을 마음에 새겼다. 도망치는 건 이제 끝내야 한다. 그들을 위해서라도, 그들을 생각해서라도. 두렵지만 해볼 거다. 내가 저지른 걸 마주 보지도 않고 도망치는 건 이제 끝이다. 비행기가 한 번 크게 흔들리더니 다시 구름을 뚫고 올라갔다. 스페인이 서서히 멀어져 갔다. 한국이 가까워지고 있었다.

스튜어디스가 다가와 물컵을 내밀었다. 아무렇지 않은 척 받았지만 컵을 받는 손은 불안정했다. 주머니에서 해바라기 꽃잎 하나를 꺼냈다. 광장에서 킴스가 준 꽃에서 떨어진 것이었다. 손바닥 위에 놓인 마른 꽃잎은 가벼웠다. 순례길을 걸은 사람의 손은 출발할 때와 다르다. 준상의 손에도 굳은살이 박여 있었다. 그 손이 이제 법정에 설 것이다. 무섭다. 하지만 아무리 끝이 보이지 않는다 해도, 걷다 보면 끝은 나온다. 메세타에서 배운 건 그것 하나였다.

준상은 마음속으로 읊조렸다.

'혜지야. 가고 있어. 이번엔 도망치지 않을게.'

'혜지야. 가고 있어. 이번엔 도망치지 않을게.'

별이 빛나는 밤

기다림의 수프

26일째 날. 비야프랑카 델 비에르소를 지나자 풍경이 달라지기 시작했다. 메마른 카스티야 평원이 끝나고 초록빛 풍경이 시작되었다. 밤나무 숲이 길 양옆으로 펼쳐지고, 이끼 낀 돌담 사이로 작은 개울이 흘렀다. 공기가 축축해지더니 흙냄새가 발 아래에서 치고 올라왔다.

"곧 비가 올 거다."

킴스가 말했다. 잠시 쉬는 동안 로저가 휴대폰을 확인했다. 비 오는 날 찍은 도로시가 노래를 부르는 영상이 벌써 30만 회가 넘는 조회 수를 기록하고 있었다. 그런데 조회 수보다도 놀라운 것은 댓글이었다. 로저는 얼른 보라며 도로시를 채근했지만 그녀는 고개를 저었다. 안 볼 거야. 그러고서는 배낭을 메고 먼저 앞서 걸었다.

로저는 화면을 내려다보며 댓글을 스크롤했다. 그곳에는 숫자가 아니라 마음이 모이고 있었다. 그래, 보지 않는 게 좋겠다. 숫자에 휘둘리면 음악이 변한다. 자기가 그랬으니까. 조회 수를 올리려고 준상이까지 팔아먹으려 했으니까. 로저는 다시 휴대폰을 주머니에 넣었다. 오르막이 시작되고 있었다.

오늘 아침 한 영상통화를 떠올렸다. 새벽 다섯 시, 한국은 정오. 화면 속 어머니는 미용실에 있었다. 드라이기로 손님의 머리를 말려주며 한 손으로 휴대폰을 들고 있는 어머니에게 바쁘면 나중에 통화하자고 했지만 손을 내저었다. 괜찮아, 거의 끝났어. 화면에 어머니의 손이 잡혔다. 트고 갈라진 손과 파마 약에 상한 손톱이 눈에 띄었다. 아버지는 어떠시냐고 물었다. 수치가 좀 좋아졌다고, 의사 선생님도 놀라서 이 정도면 퇴원해도 된다고 했단다. 로저는 말이 나오지 않았다. 손으로 입을 막으며 겨우 한마디를 뱉었다.

“엄마, 미안해.”

"뭐가 미안해?"

"그냥, 전부 다. 아버지 병원비도……."

"그거 때문에 미안하다고 하는 거야? 돈은 벌면 되는 거야. 네가 건강하고 네가 행복하면 그게 효도다."

"근데……."

"맛있는 거 많이 먹고 좋은 거 많이 봐. 그게 엄마 소원이야."

화면이 흔들렸다. 어머니가 짐짓 아무렇지 않은 척하면서 얼른 눈물을 닦았다. 손님이 기다리고 있으니 얼른 끊으라는 말, 사랑한다는 말과 함께 통화가 끊겼다.

로저는 걸으면서 까만 휴대폰 화면에 비친 자기 얼굴을 바라보았다. 솔직히 처음의 목적은 돈이었다. 유튜브로 돈을 벌어서 어머니를 쉬게 해주고 싶었다. 아버지 병원비를 해결하고 싶었다. 그런데 33만 명이라는 목표가 사라지고 나니까 오히려 선명해지는 것이 있었다. 돈 때문이 아니라, 그냥 만들고 싶다. 이야기를 만들고 싶다. 무슨 이야기인지는 아직 모르겠지만, 그 마음만큼은 확실했다. 오늘은 카메라를 꺼내지 않았다. 그저 걷고 싶었다. 찍지 않아도 기억에 남는 것들이 있다.

킴스의 무릎이 욱신거렸다. 오르막이 가팔라질수록 심해졌다. 한 발 내디딜 때마다 무릎을 칼로 찌르는 것 같았다. 그래도 킴스는 이를 악물고 걸음을 계속했다. 철의 십자가에서 아내에게 약속했으니까.

어젯밤 수아와 문자를 주고받았다.

아빠 언제 와?

일주일 후. 맛있는 거 많이 배워갈게.

빨리 와. 보고 싶어.

수아가 보고 싶다고 말한 건 오랜만이었다. 사춘기 딸이 조금씩 멀어질 때는 서운했지만 이해했다. 그 역시 과정일 터였다. 어젯밤 만든 요리가 떠올랐다. 기다림의 수프. 감자, 당근, 양파를 약불로 천천히 끓여 만드는 것으로, 아내의 요리 중 수아가 특히 좋아하던 것이었다. 아내가 떠나고 나서 한 번도 만든 적이 없었다. 그 맛을 내면 아내가 떠올라서였다.

사실은 그도 도망치고 있었던 것이다. 아내와 함께했던 장소, 음식, 영화, 카페. 떠올리면 전부 아팠다. 아름다운 추억일수록 더 그랬다. 그래서 하나씩 지웠다. 피하면 괜찮을 줄 알았다. 그런데 그 때문에 수아에게도 아픔을 주고 있었다. 엄마와 함께 먹던 음식, 함께 가던 곳. 어쩌면 둘 다 같은 생각을 하고 있었을 것이다. 서로 앞에서 엄마를 떠올리는 것이 상대에게 상처가 될까 봐, 각자 혼자서만 그리워하면서. 한국에 돌아가면 당장 기다림의 수프를 해줘야겠다고 생각했다.

수아가 좋아하는 농도로 맞출 수 있을까. 아내는 늘 감자가 흐물흐물해질 때까지 끓이곤 했다. 수아가 숟가락으로 감자를 으깨 먹던 모습이 떠올랐다. 그때 옆에는 늘 아내가 있었다. 단순히 수프가 맛있어서라기보다는, 엄마가 옆에서 같이 먹고 있었으니까 좋았을 테다. 어쩌면 수아에게 해줘야 할 것은 거창한 무언가가 아니라 밥을 해주고 같이 먹고, 아무 말 하지 않아도 곁에 있는 것. 그것뿐일지도 몰랐다. 미안한 마음이 밀려왔다. 킴스는 꿋꿋하게 발걸음을 멈추지 않았다.

도로시는 토토를 메고 걸었다. 끈이 파고들어 어깨가 아팠다. 오르막이라 그런지 오늘따라 토토가 유달리 더 무겁게 느껴졌다. 부러졌다 붙인 기타는 솔직히 소리도 예전 같지 않았다. 그래도 내려놓지 못하는 건 아버지 때문이다. 아버지가 두고 간 거니까, 남은 흔적이니까. 그러다가 생각을 바로잡았다. 아니다, 토토는 기타가 아니다. 평생을 함께한 가족이다. 그러니까 소리가 예전 같지 않아도, 함께해야 마땅하다.

순례길에서 만난 사람들이 떠올랐다. 준상처럼, 자기 자신처럼 두려움에 도망친 사람들. 아버지도 그랬을까. 실패가 두려워서, 가난이 두려워서, 가족을 책임지는 게 두려워서. 이해와 용서는 다르다. 이해한다고 다 용서되는 건 아니다. 하지만 이해하지 않으면 용서의 시작도 없다. 도로시는 토토의 끈을 고쳐 멨다. 어깨가 아팠지만, 내려놓지 않을 것이었다.

같은 시각, 인천. 준상은 공항 입국장을 빠져나왔다. 열두 시간의 비행. 잠을 자지 못했다. 눈을 감으면 계단 소리가 들렸다. 쿵. 그 소리가 엔진 소리와 겹쳤다. 입국장을 나서자 6월의 습기가 얼굴에 달라붙었다. 스페인의 건조한 바람이 그리웠다. 메세타의 밀밭이 그리웠다. 네 번째 접시에 담긴 카레가 그리웠다.

준상은 택시 대신 지하철을 탔다. 사람들 사이에 섞여

앉았다. 옆자리 아저씨가 삼각김밥을 먹고 있었다. 킴스 셰프의 카레가 생각났다. 혜지에게 문자를 보냈다. 도착했어. 곧바로 답장이 왔다.

바보. 혜지가 자기를 부르는 별명. 그 한마디가 얼마나 따뜻한지 도망치기 전에는 몰랐다. 경찰서에서 나온 날 저녁. 혜지를 만났다.

강남역 2번 출구 퇴근 시간. 사람들이 빠르게 지나갔다. 모두 어딘가로 가고 있었다. 준상은 서 있었다. 갈 곳이 없었다. 아니, 갈 곳은 있었다. 여기. 얼마 지나지 않아 저 멀리 혜지가 나타났다. 청바지에 흰 티셔츠, 머리는 짧게 자른 모습이었다. 준상이 떠난 뒤에 자른 것 같았다. 표정을 읽으려 했지만 역광이라 잘 보이지 않았다. 5미터, 3미터, 1미터. 혜지가 걷던 걸음을 멈춰 세웠다. 준상도 발걸음이 서서히 느려지더니 이내 멈췄다.

“살 빠졌다.”

혜지의 첫마디였다.

“많이 걸었어.”

준상이 머리를 긁적이자 혜지가 다가와 왈칵 끌어안았다.

“고마워.”

혜지의 목소리가 떨고 있었다. 준상의 눈가에 눈물이 맺혔지만 울지 않으려 애썼다. 몸을 떼고 바라본 혜지 역시 눈시울이 빨개져 있었다. 이내 눈물 한 방울이 볼을 타고 흘러내렸다. 혜지가 입술을 깨물었다.

“그 사람. 오빠가 밀친 사람. 깨어났어.”

“들었어.”

“퇴원했어. 지난주에.”

“그것도 들었어.”

“그 사람이 합의하겠다고 했어.”

다리에서 힘이 빠지는 게 느껴졌다. 준상은 옆에 있던 벤치에 주저앉았다. 혜지도 준상의 옆에 붙어 앉았다.

“변호사 선생님 말씀이, 정당방위가 인정될 거래. 합의서도 써줬대. 그 사람이.”

준상은 손바닥을 내려다봤다. 킴스의 주방에서 감자를 깎고 양파를 썰던 손. 수백 킬로미터, 스틱을 잡고 걸은 손. 그리고 사람을 밀어 죽일 뻔했던 손. 혜지가 준상의 손을 꽉 잡았다. 차갑지도, 따뜻하지도 않았다. 그냥 손, 사람의 손이다.

"오빠. 도망치지 않고 돌아와줘서 고마워."

준상은 대답하지 않았다. 고개를 들어 강남역 사거리를 바라봤다. 신호등이 바뀌었다. 사람들이 지나갔다. 불은 초록에서 빨강으로, 빨강이 다시 초록으로, 여러 차례 색을 바꿨다. 가야 할 곳이 있었다. 재판을 받아야 하고, 학교도 가야 한다. 그리고 해야 할 일이 생겼다. 혜지의 마음을 위로해 주는 일, 부모님께 사실을 알리고 용서를 구하는 일. 아직 많은 일이 기다리고 있었다. 하고 싶은 일도 있다. 춤, 춤을 추고 싶다. 빗속에서 췄던 그 춤을 아직 잊을 수 없었다.

해가 기울 무렵 세 사람은 중간 마을에 도착했다. 라구

나 데 카스티야, 오 세브레이로 오르기 전 마지막 휴식처. 돌로 지은 알베르게는 문을 열자 나무 냄새가 났다. 곳곳에 놓인 오래된 가구와 삐걱거리는 나무 계단, 천장을 받치고 있는 여러 갈래의 나무 기둥이 은은한 향을 품고 있었다.

저녁이 되자 킴스가 주방에 섰다. 남은 재료인 감자, 양파, 마늘을 내려놓으며 그는 오늘은 간단하게 가겠다고 선언했다. 킴스가 감자를 깍둑썰기하고, 양파를 채 썰고, 프라이팬에 올리브유를 둘러 재료들을 볶았다. 도로시가 옆에 앉아 물었다.

"킴스, 요리할 때 무슨 생각해요?"

"예전엔 아무 생각도 안 했어요. 그냥 손이 움직이는 대로 하는 거였지. 그런데 지금은 사람 생각을 해요. 이걸 누가 먹을까, 먹고 나서 어떤 기분이 들까."

계란을 풀어서 부었다. 지글거리는 소리가 퍼져나갔다. 오늘은 우리 셋 생각을 했다고. 오르막이 힘들었으니까. 따뜻한 거 먹으면 좀 나을까 싶어서.

"우리 딸 수아 생각도 했어요. 이게 사실 아내가 만들어 주던 요리인데, 수아가 엄청 좋아했거든요. 순례길 끝나고

집에 돌아가면 이것부터 만들어주려고요.”

저녁 식사 후 세 사람은 알베르게 앞마당에 나와 나란히 앉았다. 의자 세 개 위로 밤하늘이 열리며 별이 쏟아졌다. 해발이 높아서인지 별이 더욱 선명했다. 도로시가 토토를 꺼내 줄을 튕겼다.

“준상이도 보고 있을까요? 별. 한국은 낮이지만, 같은 하늘 아래니까요.”

로저가 하늘을 올려다봤다. 무사하면 좋겠다고. 킴스도 고개를 끄덕였다.

“연락 오겠지. 기다리자.”

도로시가 작은 목소리로 메세타에서 만든 노래를 부르기 시작했다.

어두운 밤 깊은 하늘 별들이 빛나
수많은 별 중에는 너 그리고 나의 별도 있어
별은 말이야 혼자서 빛을 낼 수 없어
나의 별의 빛이 그리고 너의 별의 빛이

도로시의 나긋한 목소리가 잦아들었다. 기타를 매만지

며 그녀는 내일 오 세브레이로에 도착하면, 이곳에서 느낀 걸 담아 새 노래를 만들고 싶다고 말했다. 로저가 어떤 노래냐고 물었다.

"아직은 몰라요. 도착해 봐야 알 것 같아요."

시차로 밤낮이 바뀌어 힘들어하던 준상은 학교 무용 연습실을 찾았다. 오랜만에 입어보는 무용복이었다. 몸을 풀고 춤을 추기 시작했다. 시간은 금세 삼십 분을 훌쩍 넘겼다. 온몸이 땀으로 젖었다. 공중 높이 뛰어올랐다가 착지, 오른발을 중심축으로 몇 차례 원을 그리며 회전. 메세타 평원에서 비를 맞으며 추던 춤이었다. 그 기억을 더듬었다. 네 사람이 하나가 된 듯 연대감을 가졌던 그 감각을 몸으로 끄집어내려 애를 쓰고 있었다.

한참을 그렇게 추다가 준상은 자리에 쓰러졌다. 바닥을 등지고 누워 연습실 천장을 바라봤다. 눈가에 눈물이 흘러내렸다. 그건 도망이었다. 잘못된 선택이었다. 그러나 그 길이 산티아고 순례길이어서, 그 길에서 만난 것이 킴스, 도로시, 로저여서 다행이었다. 눈물이 한참을 흘렀다.

같은 시간, 순례길에서는 고요한 시간이 이어졌다. 별빛이 세 사람 위로 쏟아지고 있었다.

CHAPTER 14

우리의 새벽
구름 속에서

27일째 날 새벽 다섯 시, 사방이 안개와 어둠으로 한 치 앞도 보이질 않았다. 의지할 수 있는 건 오로지 손전등뿐이었다. 앞장선 로저가 헤드랜턴과 촬영용 손전등으로 뒤따라오는 킴스와 도로시의 발길을 살폈다.

오 세브레이로까지 5킬로미터. 여기서부터 600미터를 올라야 한다. 순례길에서 가장 힘든 구간이었다. 숨이 차고 다리가 무거웠다. 짙은 안개 속에 앞이 보이지 않았다.

"천천히 가요."

킴스가 말했다. 자기 자신에게 하는 말 같기도 했다. 세 사람은 묵묵히 줄지어 걸었다. 들리는 건 각자의 숨소리뿐이었다. 도로시는 어젯밤 꿈을 떠올렸다. 꿈속에서 늘 불러본 단어처럼 '아빠'라는 말이 튀어나왔다. 한 번도 불러보지 못한 말. 아버지가 돌아보며 웃었다. 무언가를 말하려는 것 같았다. 아버지의 얼굴이 킴스의 얼굴과 겹쳐 보일 즈음, 도로시는 잠에서 깼다.

20년 동안 아버지 꿈을 꾼 적이 없었다. 왜 지금일까. 순례길이라서? 토토를 계속 메고 다녀서? 아니면 그냥 때가 되었나. 안개 속을 걸으며 도로시가 마음속으로 말했다.

'아빠, 나 여기 있어. 아빠가 두고 간 기타 들고, 아빠가 못 간 길 걷고 있어.'

또 한 사람, 엄마 생각이 났다. 혼자 분식집을 운영하고, 집세 내고, 도로시를 먹여 키우느라 매일 새벽 다섯 시면 집을 나섰다. 재혼한 것도 사랑이 아니라 생존을 위해서였을 거다. 딸 하나 키우려면 혼자서는 안 되겠다는 마음으로. 절박함 앞에서 판단이 흐려졌을 뿐이다. 그때의 도로시는 그걸 몰랐다. 왜 그 남자를 데려왔냐고, 왜 나를 지켜주지 못했냐고 원망만 했다.

도로시도 한 번은 용기를 낸 적이 있다. 아직도 그녀의 기억에 선명한 중학교 2학년의 어느 토요일 저녁. 엄마에게 할 말 있다며 입을 열었다. 엄마가 피곤한 얼굴로 돌아보았다. 눈 밑의 다크서클과 갈라진 손. 새벽 다섯 시에 나가서 밤 아홉 시에 들어오는 사람. 꺼내려던 그 말에 이 사람은 무너져버릴 것 같았다.

"아무것도 아니야, 잘 자."

엄마를 지키려고 입을 닫은 건지, 자신을 지키려고 닫은 건지 도로시는 아직도 모른다.

순례길을 걸으면서 도로시가 한 가지 알게 된 것이 있다. 엄마도 혼자 걸었다. 엄마의 까미노는 새벽 다섯 시의 분식집이었다. 김밥을 싸고 떡볶이를 만들면서 800킬로미터를 걸은 거다. 도로시를 살리려고. 도로시가 미워한 건 엄마가 아니라 무력했던 나 자신이었다. 열한 살짜리 아이가 할 수 있는 건 아무것도 없었다. 그게 억울했던 거다. 22살에 집을 나올 때 엄마는 울었다. 그러면서도 붙잡지는 않았다.

기타를 버리라는 엄마의 말은 가지 말라는 말이었을 거다. 상처 위에 상처를 덧칠한 건 그 남자가 아니라 도로시 자신이었다. 도로시는 언젠가 엄마와 이 길을 걷고 싶다고 생각했다.

로저는 영화 생각을 했다. 33만 명이라는 목표가 사라지고 나서 이상하게 잠이 잘 왔다. 더 이상 잃을 게 없으니까 영화가 오히려 더 선명해졌다. 돈이 목적이었을 때는 영화가 수단이었지만, 지금은 오로지 영화가 목적이다. 어머니 말씀대로, 돈은 어떻게든 된다. 무슨 영화를 만들지는 아직 아무런 계획을 세우지 못했다. 그래도 괜찮다. 급하지 않으니까. '일단 산티아고까지 가보자. 끝까지 걸어보자. 그러면 보이겠지.' 로저는 마음을 굳게 다지며 짙은 안개 속으로 걸어 들어갔다.

킴스는 무릎 통증과 싸우며 걸었다. 오르막이 가파를 때는 오히려 괜찮다. 내리막길에서는 무릎이 빠져 나가는 것 같았다. 한 발 한 발 내디딜 때마다 무릎이 비명을 질렀지만 킴스는 아랑곳하지 않고 걸어나갔다. 통증은 상관없었다.

두 시간을 오르자 안개는 더 짙어졌다. 손전등 불빛도 흐려져 앞사람의 등이 겨우 보일 정도였다. 그러다 안개 속에서 무언가 나타났다. 길가에 'GALICIA'라고 적힌 이정표가 있었다. 누군가 그 아래에 펜으로 '벤비도'라고 적어놓았다. 갈리시아에 들어왔다. 여기서부터는 다른 나라다. 스페인 안의 또 다른 나라. 도로시가 주변을 둘러봤다. 어제까지와 확연히 달랐다. 황금빛 밀밭 대신 짙은 초록빛 녹음이 우거져 있었고, 건조한 바람은 없어지고 축축한 안개가 가라앉았다. 언어도 다르다. 로저가 카메라를 삼각대에 세우고 타이머를 맞췄다. 찰칵. 도로시가 사진을 확인하더니 중얼거렸다. "준상 씨도 같이 찍었으면 좋았을 텐데."

일행이 발걸음을 옮겨 막 돌아서자 돌로 지은 집과 초가지붕이 시야에 들어왔다. 모두 멈춰 서서 숨을 골랐다.

"도착…… 했어요."

도로시가 헉헉거리며 말했다. 숨이 차서 짧은 말도 끊겼다. 안개가 그들의 발 아래 마을을 감싸고 있었다. 집들이 안개 속에서 나타났다가 사라지기를 반복했다. 현실 같지 않았다.

"진짜 구름 위다."

로저가 중얼거렸다. 킴스는 말없이 그냥 서서 마을을 바라봤다. 눈가가 뜨거워졌다. 넷은 팔로사 마을을 걸었다. 돌길과 이끼 낀 벽, 초가지붕은 천 년 전 모습 그대로였다.

"여기서 사는 사람들은 매일 이 풍경을 보겠네요."

도로시가 말했다.

“살다 보면 이런 풍경에도 익숙해지겠지.”

“익숙해지면 안 보이는 걸까요? 아니면 다르게 보이는 걸까요?”

킴스가 상념에 잠긴 듯 먼 곳을 바라보다 대답했다.

“아무리 좋은 것도 매일 보면 익숙해져서 그냥 일상이 되지 않을까?”

도로시가 조용히 고개를 끄덕였다. 안개 사이로 햇살이 비쳤다. 팔로사 지붕 위로 쏟아지는 빛이 눈부셨다. 걷다가 다다른 마을 끝에는 작은 성당이 있었다. 산타 마리아 라 레알. 킴스가 작은 명패를 건 성당 앞에서 잠시 멈췄다.

“여기 전설이 있어.”

킴스는 옛날에 농부가 눈보라가 휘몰아치는 날에 미사를 드리러 왔는데, 사제가 죽으려고 그 위험한 눈보라를 뚫고 왔냐며 비웃었다는 이야기를 마치 당시 상황을 재현하듯 실감 나게 들려줬다.

농부의 진심이 닿아 빵과 포도주가 진짜 살과 피로 변하는 기적이 일어난 곳. 그 성배가 있는 이 성당은 작지만 오랜 전설만큼이나 성스러운 기운을 품고 있는 듯 보였다.

로저가 물었다.

“믿어요, 그런 거?”

갑작스러운 로저의 질문에 킴스가 살짝 당황하는 모습이었다.

“글쎄?”

예전에 딸 수아가 물었던 말이 겹쳐 들렸기 때문이다.

‘아빠, 정말 하나님이 있어?’

여전히 답을 알려주지 못하고 있는 딸아이의 물음이 다시금 떠올랐다.

“중요한 건 농부의 마음 아닐까? 눈보라를 뚫고 미사를 드리러 온 그 마음.”

킴스의 대답에 로저와 도로시가 동시에 고개를 끄덕였다.

성당 안은 어둡고 서늘했다. 오래된 돌벽에서 촛불이 깜빡이고 있었다. 세 사람이 제단 앞에 나란히 섰다. 킴스는 자연스레 아내와 딸 수아가 생각났다.

‘여보, 여기 왔어. 당신이 오고 싶어 했던 이곳에. 늦어서 미안하고, 혼자 와서 미안해. 그런데 혼자가 아닌 것 같아. 꼭 당신이 내 안에 같이 있는 것 같아. 약속할게. 수아 잘 키울게. 그리고 고마워, 나한테 와줘서, 함께해 줘서. 사랑

해. 수아야. 아낌없이 사랑해 줄게. 든든하게 널 지켜줄게.'

도로시는 철의 십자가를 지난 이후부터 마음속으로 아버지와 나누는 대화가 편안해졌다. 아버지에게 말을 걸었다. '아빠. 나 여기 있어. 아빠가 두고 간 기타, 이제는 내 친구 토토야. 사실 20년 동안 아빠를 원망했어. 근데 이제 좀 알 것 같아. 아빠도 힘들었겠지. 꿈을 이루지 못해서. 가족을 지키지 못해서. 그래서 떠났을 거야. 아빠는 어떤 노래를 부르고 싶어 했을까.' 그리고 도로시는 엄마를 떠올렸다. 나만큼 아팠을 엄마. 아니, 어쩌면 나보다 더 아팠을 엄마의 시간들. 그 어떤 말보다 더 많이 안아줘야겠다고 다짐했다. 엄마가 건강했으면 좋겠다고 기도했다. 도로시가 감았던 눈을 떴다. 촛불이 위태롭게 흔들리고 있었다.

로저는 눈을 감고 각자의 목소리에 집중하는 킴스와 도로시를 보며 잠시 머뭇거렸다. 기도를 해본 적이 없어서 뭘 해야 할지 몰랐다. 에라 모르겠다, 로저는 그냥 눈을 질끈 감고 생각나는 대로 머릿속으로 뇌까렸다.

'엄마, 아빠. 나 여기 있어요, 스페인 산꼭대기에. 구독자 33만 명은 실패했어요. 미안해요. 근데요, 영화 포기 안 할 거예요. 돈 때문이 아니라, 그냥 이야기를 만들고 싶어요.

언제가 될지는 모르겠어요. 오래 걸릴 수도 있어요. 근데 할 거예요. 끝까지. 기다려 주세요. 그리고 박성준. 너도 잘 부탁해.'

세 사람은 홀가분한 마음으로 성당을 나왔다. 어느새 하늘에는 안개가 걷혀, 햇살이 쏟아지고 있었다. 로저의 휴대폰이 울렸다. 한국 번호, 바로 준상이었다.

"형, 살아 있대요."

도로시가 손으로 입을 막고, 킴스는 눈을 감았다. 준상이 계단에서 밀친 그 사람은 다행히 죽지 않았다고, 혼수상태에서 막 깨어났다고 했다. 경찰서에서 방금 들었으며, 아직은 조사 중이라고. 로저가 겨우 입을 뗐다.

"다행이다. 정말 다행이다."

킴스가 더 자세히 들으려고 휴대폰 쪽으로 몸을 기울였다. 살아 있다는 게 중요하다. 전화기 너머로 훌쩍이는 소리가 들렸다. 준상이 울고 있었다.

"기다려줘서 고마워요. 결과 나오면 연락할게요."

짧은 통화가 끝났다. 안개가 걷힌 뒤로 파란 하늘이 모습을 드러냈다.

마을 뒤편 전망대에 올라서니 지나온 길이 보였다. 웅장

한 산맥과 그 너머로 메세타 평원이 펼쳐져 있었다. 도로시가 잠깐 입을 떡 벌리고 있더니 물었다.

"저기서부터 걸어온 거예요? 믿기지가 않아요."

세 사람은 한동안 서서 그 풍광을 바라봤다. 구름 위에서 불어오는 바람이 땀을 식혔다. 바람에는 유칼립투스 향이 섞여 있었다. 도로시가 토토를 꺼내 눈을 감고 깊이 숨을 들이쉰 뒤 노래하기 시작했다. 킴스는 눈을 감고 들었다.

사랑한다는 말 대신 꼭 안아줄게요
고맙다는 말 대신 두 손 꼭 잡을게요
힘들지라는 말 대신 등을 토닥일게요

로저가 조용히 휴대폰을 꺼내 도로시의 모습을 담기 시작했다. 킴스도 로저도 가슴 한편이 뭉클해졌다.

언제든 말해요 다 들어줄게요 밤을 새도 좋아요 하고
싶은 얘기 다 해요
외롭다고 말하면 힘내라는 말 대신 옆에 있어 줄게요

바람이 가사를 실어 날랐다. 킴스의 눈가가 젖어 들었
다.

로저는 촬영하던 휴대폰을 가슴 쪽으로 가져왔다. 가족
을 위해 애쓰다 병원 침대에 누운 아버지가 떠올랐다. 한
번도 따뜻하게 안아준 적이 없었다.

이윽고 노래가 끝났다. 노래가 끝난 뒤에도 세 사람은
한동안 아무 말이 없었다. 바람 부는 산꼭대기에서, 지친
목소리로 부른 노래 한 곡. 그런데 왜 이렇게 가슴이 먹먹
한 건지 킴스는 알 수 없었다. 로저가 노래의 제목을 물었
다. 도로시가 잠시 생각에 잠겼다. 생각해 본 적은 없지만,
왠지 이 노래의 제목은 정해져 있는 것 같았다.

"'말 대신'이 좋을 것 같아요."

라구나 데 카스티야에서 약 3킬로미터를 지나자 알토
데 산 로케에 안개 속에서 청동 순례자 상이 서서히 모습

을 드러냈다. 비바람을 온몸으로 맞으며 앞을 향해 걷는 순례자의 동상을 보니, 멈추지 않는다는 것이 어떤 의미인지 알 것 같았다. 일행은 그 동상 앞에 배낭을 내려놓고 잠시 휴식을 취했다.

로저는 동상을 바라보며 생각에 잠겼다. 동상의 어딘가가 아버지와 닮아 있었다. 공사 현장에서 철근을 짊어지던 그 뒷모습.

그날 저녁 킴스의 요리는 갈리시아식 문어 요리였다. 뽈뽀 아 페이라, 아내와 함께 먹고 싶었던 요리였다. 로저의 휴대폰이 다시 울렸다. 아까와 달리 준상의 목소리는 밝았다. 로저가 얼른 스피커폰으로 전환하자 세 사람이 휴대폰 주위로 옹기종기 모였다.

"검사가 정당방위 쪽으로 보고 있어요. 혜지 증언이 컸어요. 그 사람이 먼저 폭행했다고 말했거든요. 검찰 송치는 될 것 같지만…… 이제 괜찮아요. 도망치지 않으려고요. 끝까지 마주해 볼 거예요."

이어서 처음 듣는 여자의 목소리가 들렸다. 혜지는 떨리는 목소리로 준상 오빠에게 많이 들었다며, 지켜줘서 고맙다며 연신 인사했다.

"준상 오빠가 저 때문에 그렇게 됐는데…… 순례길도 못 끝내고. 죄송해요, 그리고 감사해요."

"죄송할 거 없어요. 준상이가 스스로 선택한 거예요."

킴스가 말했다. 전화기 너머에서 흐느끼는 소리가 들려왔다. 다시 준상의 목소리가 들렸다. 준상은 조사가 다 끝나면 꼭 순례길에 다시 가겠다고, 이번엔 끝까지 걷고 싶다고 말했다.

"약속이다. 기다릴게."

"부엔 까미노."

"부엔 까미노."

주방에는 금방 올리브유와 파프리카 향이 퍼졌다. 킴스가 문어를 접시에 담았다. 그 위에 삶은 감자를 올리고, 굵은 소금과 파프리카를 뿌렸다. 세 사람이 테이블에 사이좋게 둘러앉았다. 로저가 와인 잔을 들고 외쳤다.

"여기까지 온 것을 축하하며, 앞으로 갈 길을 위해!"

세 개의 잔이 경쾌하게 부딪혔다.

로저는 약간의 술기운을 빌려 어머니에게 화상 전화를

걸었다. 마침 어머니는 아버지 병원에서 병간호를 하던 중이었다.

“엄마.”

“응 아들.”

“아빠는 좀 어떠셔?”

“괜찮으셔. 걱정하지 마.”

“사랑합니다, 엄마. 아빠 좀 바꿔줘.”

병상에 누워 있는 아버지 얼굴이 화면 가득 들어왔다. 감긴 두 눈, 코에 끼운 산소 호스. 잠이 든 것 같았다.

“아빠. 죄송해요…… 사랑합니다.”

목이 메어왔다. 아버지의 눈가로 눈물이 흘러내렸다.

창밖으로 해가 지는 모습이 보였다. 구름 위의 마을에 저녁이 어둑어둑 내려앉았다. 산티아고까지 이제 100킬로미터 조금 더 남겨두고 있었다.

같은 날 밤, 서울 강남경찰서 조사실 의자에 준상이 앉아 있었다. 형광등이 지직거렸다. 벽시계가 똑딱거렸다. 두 시간째 같은 질문이 반복되었다.

“왜 도망쳤습니까.”

형사의 목소리는 감정이 없었다.

“무서웠습니다.”

“뭐가요?”

“제가 한 일이요.”

형사가 펜을 내려놓았다. 잠깐 준상을 바라봤다. 스물한 살 대학생. 여자 친구를 폭행하던 남자를 밀었고, 남자는 계단에서 굴렀다. 그러고서 이 사람은 도망쳤다. 스페인까지. 그리고 스스로 돌아왔다.

“도주 기간이 길어요. 20일이 넘어. 유리하지 않습니다.”

“알고 있습니다.”

“변호사는?”

“아직 없습니다.”

형사가 한숨을 쉬며 서류를 정리했다.

“오늘은 여기까지. 내일 다시 옵니다.”

준상은 조용히 조사실을 나왔다. 복도 끝 자판기에서 커피를 뽑았다. 킴스가 내려주던 카페 콘 레체와는 비교도 안 되는 맛이었지만, 그래도 몇 모금 마셨다. 지금 이렇게 먹고 숨 쉬는 사소한 것들이 살아 있다는 증거다.

달콤한 믹스커피 한 모금이 준상의 마음을 달래 주었다.

자판기 옆 벤치에 앉아 휴대폰을 꺼냈다. 킴스에게 메시지를 보내야 하나 잠시 망설였다. 뭐라고 해야 할까. 걱정시키지 않으려고 상황을 숨기는 건, 오히려 걱정을 끼치는 거다. 메시지를 보냈다.

셰프님. 경찰서 다녀왔습니다. 내일 또 갑니다. 밥은 먹었어요.

거짓말이었다. 밥은 먹지 않았다. 먹은 건 자판기 커피뿐이다. 하지만 '밥은 먹었어요'라는 말은 넣어야 했다. 그게 셰프에게는 가장 중요한 안부였으니까. 금세 답이 왔다.

잘하고 있어.

그리고 곧 하나가 더 도착했다.

먹는 거는 꼭 몸에 좋은 걸로 잘 챙겨 먹어.

준상이 어디로 갈지 방향은 정해져 있었다. 혜지에게 갈 것이다. 준상은 멈추지 않고 걸었다. 경찰서 앞 인도. 사람들이 스쳐 지나갔다. 아무도 준상을 알아보지 못했다. 그저 평범한 청년이었다. 준상은 주머니에서 휴대폰을 꺼냈다. 혜지에게 전화를 걸었다. 저녁을 같이 먹기로 했다.

10,2km
BERASKOAIN
BELASCOAIN
3h 30'
GR
220
GR
220
NOAIN
3,8km
4h
UTERGA
©김평희

PART 5

또 다른 시작

CHAPTER 15

어느 쪽일까

100킬로미터

천 년 된 사모스 수도원을 거쳐 사리아로 향하는 29일째 날, 아침이 밝았다. 트리아카스텔라를 떠나 사리아로 향하는 길이었다. 한 시간쯤 걸었을까, 길이 두 갈래로 갈라졌다. 이정표석의 노란 화살표가 양쪽 편 모두를 가리키고 있었다. 왼쪽은 사모스, 오른쪽은 산 실이었다. 킴스가 멈춰 서서 설명했다. 사모스는 돌아가는 길인데 오래된 수도원이 있고, 산 실은 빠른 길이라고 했다. 도로시가 두 갈림길을 바라보며 어디로 가냐고 물었다.

로저가 표지판을 번갈아 보았다. 왼쪽과 오른쪽. 습관적으로 휴대폰을 꺼내 검색해 보았다. 순례길 사리아 코스

추천, 빠른 길 vs. 예쁜 길. 어느 쪽일까. 어떤 길을 가야 할까. 로저의 앞에는 늘 여러 갈래의 길이 있었다. 그때마다 자신이 무엇을 기준으로 선택했는지 곰곰이 생각해 보았다. 검색 결과? 남들의 추천? 아니면 조회 수가 잘 나올 것 같은 길? 그 질문은 왠지 삶에 관한 질문처럼 되어 있었다. 오늘은 유독 그 결정의 무게가 무거웠다. 로저는 생각을 바꿔 휴대폰을 주머니에 넣었다. 검색 결과는 확인하지 않았다.

그때였다. 도로시의 휴대폰이 울렸다. 처음 보는 번호에 도로시는 의아한 표정으로 전화를 받았다. 낯선 목소리의 상대는 자신을 가출 청소년 쉼터인 새날의 담당자라고 소개했다.

"유튜브에서 빗속에서 노래하는 영상을 봤어요. 혹시 우리 쉼터에 와서 아이들에게 노래를 불러주실 수 있나 해서요. 스무 명 남짓인데, 우리 아이들이 도로시의 노래를 듣고 많이 울었어요."

"제 전화번호를 어떻게 아셨어요?"

도로시가 이해가 되지 않는다는 표정으로 물었다.

"인스타그램이요. 요즘은 세 친구만 건너도 다 알아요."

관객 스무 명. 요 며칠 전화가 쏟아졌다. 빗속 영상의 반응이 터진 뒤로 전화가 멈추지 않았다. 홍대의 300석 공연장에서 단독 콘서트를 열자는 기획자, 순례길 이야기를 듣고 싶다는 방송국……. 낯선 번호가 휴대폰에 계속 떴다. 로저가 올린 영상이 조회 수 100만 회를 넘긴 걸 도로시도 알고 있었다.

"아직 순례길을 걷고 있어서요. 일단 생각해 볼게요."

어디서 온 전화냐는 로저의 물음에 도로시가 짧게 대답했다.

"가출 청소년 쉼터인데 스무 명 정도 있다네요."

"쉼터요? 공연장은?"

도로시는 대답하지 않았다. 이상하게도 공연장이나 방송국에서 온 제안보다 그 전화가 더 마음에 남았다. 스무 명, 상처받은 아이들, 도로시의 노래가 필요한 곳. 수는 적어도 진심으로 내 노래를 들어줄 스무 명. 그게 스쳐 가는 조회 수보다 나을 수도 있지 않을까.

갈림길 앞에서 킴스가 마침내 왼쪽 길, 사모스를 가리켰다. 천 년 된 수도원이 있다는 사실이 끌렸다. 세 사람은 돌아가는 길을 선택했다.

6세기에 지어졌다는 사모스 수도원의 돌벽은 높았다. 세월을 머금은 이끼가 벽을 따라 두텁게 올라가 있었다. 안뜰로 들어서자 아치형 돌기둥이 회랑을 이루고, 중앙 정원의 분수에서 물이 졸졸 흘렀다. 그 소리가 오히려 고요함을 깊게 했다.

1500년 동안 수도사들이 이 길을 걸었다. 발소리가 돌바닥에 울렸다. 에코가 회랑을 돌아 되돌아왔다. 수백 년간 수도사들의 발소리가 이 돌에 스며들었겠지. 킴스는 손바닥과 귀를 벽에 가져다 댔다.

도로시는 수도원 안뜰에 앉아 토토를 안고 넥의 흉터를 손으로 어루만졌다. 댓글 1,000개. 숫자가 머릿속을 맴돌았다. 3년 동안 버스킹하며 모은 돈보다 방송 한 번 출연료가 더 많을 거다.

"기회야. 잡아야지."

로저의 말이 맞았다. 이런 기회가 다시는 안 올 수도 있다. 하지만……. 도로시는 들여다보던 휴대폰을 내려놓았다.

'숫자가 전부는 아니잖아.'

순례길에서 스쳐 지나간 얼굴들이 떠올랐다. 크리스티,

유키, 루카 그리고 이름 모를 순례자들. 그들이 눈물 흘리며 들어줬던 노래 '별'. 그 노래 영상의 조회 수가 몇인지 몰랐지만, 그때의 반응만큼은 진짜였다.

'나는 왜 여기 왔을까.'

도로시는 그날 밤 통 잠이 오지 않았다. 2층 침대에 누워 어둠 속만 하염없이 바라보았다. 천장에는 가느다랗게 금이 가 있었다. 그 금을 따라 시선이 움직였다. 이쪽에서 저쪽으로 또다시 저쪽에서 이쪽으로. 휴대폰이 진동이 간헐적으로 울렸다. 인스타그램의 댓글 알림이었다. 또 누군가가 자신의 이야기를 남겼다. 휴대폰을 확인했다. 댓글 알림이 계속 울렸다. 하지만 방송국이나 공연 기획사의 메시지도, 낯선 번호로 온 전화도 없었다. 그렇게 기다렸는데도 3년간 한 통도 오지 않던 전화였다. 그 전화가 얼마간 쏟아지면서, 내심 휴대폰을 켤 때마다 기대가 생겼다. 공연을 할지, 방송에 출연할지조차 결정하지 못해 모든 연락에 답하지 않고 있으면서도 연락은 기다려졌다. 지금도 마찬가지였다. 하지만 댓글 창은 달랐다. 내 진심은 뭐지. 방송국 전화를 다시 기다리고 있는 걸까. 오랜 시간 동안 갈망해오던 일. 마음이 복잡했다. 전화기의 전원 버튼을 찾아 눌렀다. 화면이 꺼졌다.

지난 3년의 시간이 떠올랐다. 수십 번의 오디션에서 모두 떨어졌다. 이유는 늘 비슷했다. '대중적이지 않다', '상품성이 없다', '다음에 다시 도전해라'. 거절당할 때마다 음이 하나씩 사라지는 기분이었다. 도가 사라지고, 레가 사라지고…… 남은 건 침묵뿐이었다. 노래를 부르는데 목소리가 나오지 않는 악몽을 꿨다. 자신감이 사라졌다. 자존감도 사라졌다. 나라는 사람도 사라져가는 것 같았다.

그런데 지금은 달랐다. 도로시가 노래를 부른 영상은 조회 수 100만 회에 댓글은 1,000개를 넘게 기록하고 있었다. 쉼터에서 공연을 초청해 왔고, 작은 공연장에서도 단독 공연을 해달라고 했다. 3년 동안 그토록 바라던 것이었다. 누군가가 내 노래를 듣고, 나를 인정하고, 찾아주는 일. 그런데 왜 마음이 이렇게 무거울까.

도로시는 일어나 창문으로 다가갔다. 온통 어두운 하늘에 별이 반짝였다. 순례길에서 수도 없이 보았던 별. 토토를 꼭 안았다. 수리한 흉터와 임시로 붙였던 청 테이프 자국이 은빛으로 빛났다. 줄을 튕겼다. 소리가 났다. 작지만 분명한 소리였다.

'나는 왜 노래를 시작했지?'

열두 살 때였다. 창고에서 아버지가 두고 간 기타를 발견했다. 먼지가 잔뜩 쌓여 있었고 줄은 끊어져 있었다. 도로시는 그 기타에 토토라는 이름을 붙였다. 처음 코드를 짚었을 때 손끝이 아팠다. 손가락에는 금방 물집이 잡혔다. 그래도 멈추지 않았다. 아버지의 손이 닿았던 자리에 내 손이 닿는 것이니까. 토토를 치며 노래하면 하고 싶은 이야기를 마음껏 할 수 있었다. 그러다 보면 아픔이 조금씩 사라지는 것 같았다.

그때의 나는 누구의 반응도 신경 쓰지 않았다. 그냥 부르고 싶어서 불렀다. 그런데 지금은 왜 남의 반응에 나를 끼워 맞추고 있을까. 누군가 인정해 주길 바라고, 반응 하나에 흔들리고 있지. 지금은 내 음악보다도 남들의 반응이 먼저였다. 내가 좋아서 부르는 게 아니라, 남들이 좋아할 것 같은 걸 부르고 있었다. 그래서 떨어졌구나. 오디션에서 떨어진 건 내 음악이 대중적이지 않아서가 아니라 내가 내 음악을 믿지 않아서였을 터이다. 남들 눈치를 보면서 부르니까, 그 불안이 목소리에 섞여 나왔던 거다.

창밖을 보니 하늘은 밝아져 있었다. 밤을 새워 고민한

것이었다. 휴대폰을 내려다보았다. 스물세 통의 부재중 전화와 서른일곱 개의 문자메시지가 도착해 있었다. 깊게, 천천히 심호흡했다. 그리고 전원 버튼을 길게 눌렀다. 화면이 꺼졌다. 검은 화면과 함께 고요가 찾아왔다.

"지금은 나를 찾는 중이야."

단단한 어조로 혼잣말을 했다. 이 길 끝까지 걸어야 한다고, 그래야 진짜 내 노래를 부를 수 있다고. 숫자가 아니라 나를 위한 노래를. 토토를 꼭 끌어안았다. 차가운 나무에 조금씩 온기가 배었다.

킴스가 다가와 도로시에게 결정했느냐고 물었다.

"후회 안 하겠어?"

도로시가 웃었다. 편안한 웃음이었다.

"기회는 또 올 거예요. 하지만 지금 이 순간, 이 길 위에서 나를 찾는 시간은 다시는 안 올 것 같아요."

킴스가 천천히 고개를 끄덕였다.

"기회를 잡는 것도 용기지만. 기회를 놓아주는 것도 용기야."

사리아의 알베르게에서 로저는 침대에 앉아 발을 내려다보았다. 발바닥이 부어올라 있었다. 물집이 터지고, 그 위에 새 물집이 잡혔다. 발목까지 부어서 신발조차 신기 힘들었다.

유튜브 앱을 확인했다. 구독자는 16만 5,000명, 남은 시간은 6일. 목표까지 딱 절반, 16만 5,000명이 남아 있었다. 로저의 내면에서 힘겨운 자기 자신과의 싸움이 이어졌다. ‘반도 못 왔어. 불가능해. 알아. 그래도 걸어야 해. 하지만 발이…….’ 그때 메시지가 하나 도착했다. 보낸 사람은 알 수 없음. 그 사람이다.

로저. 일주일 남은 상황에서 안타깝군요.

질문을 보냈다. 33일간 꼭 걸어야만 하냐고. 버스나 택시를 이용해도 되냐고. 금방 답장이 도착했다.

그 또한 당신이 판단하세요.

메시지는 거기서 끊겼다. 로저는 휴대폰을 내려다보았다. 발을 끌고라도, 고통을 참고라도 걸어갈까. 그러면 진정한 순례자가 되는 걸까. 아니면 버스를 탄다고 가정해

보았다. 사리아에서 산티아고까지 두 시간, 그동안 라이브 방송을 하면 구독자가 조금은 더 늘어날 게 분명했다. 미션 실패는 이미 확정이지만, 읍소라도 해서 구독자 한 명이라도 더 붙잡고 싶었다. 33만 명이 되지 않으면 투자도 없다. 그러면 당연히 영화도 없다. 엄마의 목소리가 들렸다. 아들, 엄마 혼자 힘들다. 엄마 혼자 이제 힘들다.

버스 예매 앱을 열었다. 사리아-산티아고. 내일 오전 9시. 좌석 있음. 예약 버튼을 누르려는 순간, 문득 철의 십자가가 떠올랐다. 돌무더기 위에 돌을 올려놓으며 비교하는 마음을 여기 두고 가겠다고, 내 속도로 걷겠다고 다짐했었다. 로저는 이내 손을 거두었다. 킴스의 목소리가 떠올랐다. 사람 사는 이야기가 사람 마음을 울렸을 때, 그때 진짜 구독자가 늘어난다는. 버스 앱을 닫았다.

다음 날 아침, 로저는 발에 붕대를 감고 진통제를 삼킨 뒤 신발을 신었다. 발이 비명을 질렀지만 한 발, 두 발 절뚝거리며 느리게 걸었다. 멈추지 않을 생각이었다.

사리아에서 출발했다. 이곳부터 걸으면 순례 증명서를 받을 수 있다. 조개껍데기와 노란 화살표가 이정표를 알리는 돌 표지석에도 남은 거리 100킬로미터가 또렷이 각인되어 있었다. 이곳부터 산티아고까지 마지막 남은 길의 시작점이다. 이 100킬로미터가 순례자에게 주어진 마지막 자격이다. 그 때문에 사리아는 갑자기 순례자 수가 늘고 조용하던 길이 북적이는 곳이다. 영어, 독일어, 프랑스어, 이탈리아어, 일본어 다양한 언어가 뒤섞였다. 버스에서 내려 새롭게 출발하는 순례자들이었다. 그들의 신발은 깨끗했고, 배낭은 가벼워 보였다. 스틱도 흙 한 점 묻지 않은 모습이었다.

알베르게 앞에서 스페인 대학생 무리와 마주쳤다. 마드리드에서 온 졸업 기념 순례팀이라고 했다. 한 학생이 다가왔다.

"한국 드라마 좋아해요! 이태원 클라쓰, 박서준 오빠!"

뒤이어 또 다른 학생이 뛰어와 현빈 오빠가 너무 멋지다며 드라마 〈사랑의 불시착〉 장면을 장난스럽게 흉내 냈다. 서울에 가고 싶다고 명동, 홍대를 외치다가 신이 나서 그 밖의 서울 지명을 더 나열했다.

"서울 오면 맛있는 거 해줄게요."

킴스의 말에 학생들의 눈이 반짝였다. 세 사람은 학생들과 저녁을 함께 먹었다. 그들은 타파스와 샹그리아를 가져왔고, 킴스는 감자전을 부쳤다.

"이게 뭐예요?"

"감자전. 막걸리랑 먹으면 최고인데, 샹그리아랑도 괜찮아요."

스페인 학생 중 하나가 기타를 꺼냈다. 플라멩코 리듬이 이어졌다. 누군가가 도로시에게 노래해 보라고 했다. 도로시는 잠시 망설였지만, 기타 소리에 이끌려 허밍을 시작했다. 플라멩코에 한국의 멜로디가 섞여 들었다. 이상한 조합이지만 묘하게 어울렸다. 박수가 터졌다.

"브라보! 케이팝 플라멩코!"

그날 밤, 국경은 사라졌다.

"저 사람들은 좀 다르네요."

로저가 말했다. 킴스가 웃었다.

"우리도 처음엔 저랬어. 생장에서."

도로시가 자신의 닳은 신발을 내려다보았다. 이 신발로 벌써 800미터를 걸었다. 그때 익숙한 목소리가 들렸다.

"킴스!"

한스였다. 론세스바예스에서의 첫날 밤에 만났던 독일

인이었다. 쾰른에서 온 은퇴한 엔지니어라고 소개했던 사람이었다. 킴스가 손을 흔들자 한스가 달려와 포옹했다.

"다시 만날 줄 알았어. 까미노의 마법이야."

한스가 옆의 청년을 소개했다. 그는 금발에 스무 살쯤 되어 보였다.

"손자예요. 독일에서 날아와서 마지막 100킬로미터를 같이 걸어요."

루카스가 수줍게 한국어로 인사했다.

"안녕하세요."

도로시가 놀랐다.

"BTS 팬이라 한국어 조금 배웠어요."

독일 할아버지와 BTS 팬인 손자의 까미노 여행이었다.

오후가 되자 유칼립투스 숲길로 바뀌었다. 세 사람의 발이 동시에 멈춰 섰다. 나무들이 20미터 이상 하늘을 향해 솟아 있었다. 고개를 젖혀도 끝이 보이지 않았다. 은빛 나무껍질이 햇살을 받아 빛나고, 종이처럼 얇은 껍질이 벗겨

저 바람이 불 때마다 팔랑거렸다. 잎사귀는 버들잎처럼 가늘고 길게 늘어져 바람에 일렁였다. 수천 개의 초록 리본이 춤을 추는 것 같았다. 햇살이 나뭇잎 사이로 쏟아졌다. 걸을 때마다 금빛 빗줄기 모양의 빛이 어깨로, 팔로, 손등으로 옮겨 다녔다. 향기가 코끝을 스쳤다. 시원하고 청량한 공기가 코를 뚫고 폐 깊숙이 파고들었다.

숲 한가운데 이끼 덮인 그루터기에 앉았다. 바람 소리, 나뭇잎이 스치는 소리, 새소리. 그 외에는 고요했다. 로저는 이 고요마저 영화에 담고 싶었다.

"여기서 노래 한 곡 해줘요."

로저의 부탁에 도로시가 토토를 꺼냈다. 손때 묻은 넥이 반들거렸다. 코드를 잡았다. 익숙한 줄의 떨림이 느껴졌다. 도로시가 이 길에서 완성한 노래를 부르기 시작했다.

네 곁에는 내가 있어, 언제나 항상 이것만 기억해 줘

바람이 스치면 그건 나라고 또는 말이야 구름 속에 가

려진 햇살도 나라고

난 언제나 네 곁에 있어 줄 거야

유칼립투스 잎사귀들이 바람에 흔들렸다.

그날 밤 알베르게에서 로저가 영상을 편집했다. 유칼립투스 숲에서 노래하는 도로시, 나뭇잎 사이로 쏟아지는 햇살, 토토가 내는 부드러운 소리. 제목을 붙였다. ‘순례길에서 만든 노래 – 나라고’.

업로드를 마치고 로저는 생각에 잠겼다. 내가 감동한 영상은 다른 누군가도 감동받을 수 있다.

다음 날 아침, 여느 때처럼 유튜브 앱을 확인하던 로저의 손이 갑자기 떨리기 시작했다.

“80만.”

킴스가 잠에서 막 깨어나 갈라진 목소리로 들떠 있는 로저를 향해 물었다.

“무슨 소리야?”

“밤새 80만 명이 봤어요. 도로시가 노래 부르는 영상을요. 지금도 올라가고 있어요.”

도로시도 황급히 화면을 들여다보았다. 영어, 스페인어, 프랑스어, 독일어, 일본어, 각국의 언어로 댓글이 쏟아지고 있었다. ‘아름다운 노래예요’, ‘눈물이 났어요’, ‘흉터 있는 기타 소리가 너무 좋아요’.

“많은 사람이 좋아한다는 건 그만큼 매력이 있다는 거잖아요.”

킴스가 일어나 수건을 챙기며 말했다.

“참, 오늘 아침은 제가 준비하기로 했죠. 정확히 15분 뒤에 내려오세요.”

도로시가 콧노래를 흥얼거리며 부엌으로 내려갔다. 올리브유에 아스파라거스를 노릇하게 굽고, 옆에 반숙 달걀 프라이와 스페인 명물인 납작 복숭아를 곁들였다. 세 개의 접시에 음식을 똑같이 담아 테이블 위에 올려놓았다. 도로시는 식사를 준비하면서도 여전히 콧노래를 흥얼거렸다. 나만의 이야기가 다른 누군가에게도 닿을 수 있구나. 그걸 이제야 알았다. 음악 속에 있는 동안은 그 어떤 기억도 자신을 붙잡지 못했다.

“셰프님! 로저! 식사해요.”

CHAPTER 16

함께 걷는 길
수면 아래

킴스가 다른 사람들보다 먼저 눈을 떴다. 아직 어두웠다. 창문 틈으로 새벽빛이 희미하게 번져 왔다. 일어나려는 순간 또 다시 무릎 관절이 꺾이는 듯한 통증에 비명을 지를 뻔했다. 아. 입술을 깨물어 겨우 비명을 막았다. 옆 침대에서 도로시가 뒤척였다. 깨우면 안 된다.

천천히 이불을 걷고 무릎을 내려다보았다. 어젯밤보다 더 심하게 부었고, 관절 주위까지 붉게 달아올라 있었다. 사흘 전부터 이런 상태였다. 오래된 부상이었다. 하지만 킴스는 아무에게도 말하지 않았다. 내가 무너지면 저 애들은 어떻게 하나. 킴스는 조용히 배낭에서 진통제를 꺼냈다. 두

알을 먹어야 하나. 어제는 한 알이었다. 무릎 보호대를 꺼내 꽉 감고 파스를 세 장 붙인 뒤 긴 바지를 입었다. 티가 나면 안 된다.

거울을 보았다. 창백한 얼굴에, 눈 밑에는 그림자가 짙었다. 사실 어젯밤도 통증 때문에 제대로 잠을 자지 못했다. 애써 입꼬리를 올렸다. 평생을 그렇게 해왔다. 사업이 힘들 때도 직원들 앞에서 웃었고, 아내 장례식장에서도 딸 앞에서 웃었다. 수아가 아빠는 괜찮으냐고 물을 때마다 "응, 아빠는 괜찮아"라고 대답했다. "나는 괜찮아. 어른이니까."

하지만 속에서는 썩은 내가 났다. 어젯밤, 다들 잠든 뒤에 또 꺼내 먹었다. 이 길이 끝나면 다시 그 현실로 돌아가야 한다. 공포가 사라진 건 아니다. 나도 도망친 주제에, 누가 누구에게 조언을 해. 저 애들에게는 도망치면 평생 무섭다고 말했지만 정작 자신은? 아내 없는 현실을 마주할 용기가 없어서 여기까지 온 것 아닌가. 딸을 두고 800킬로미터를 걷겠다고 떠난 것 아닌가. 가면에 또 가면을 썼다.

그래도 웃어야 한다. 저 애들이 무너지면 안 되니까.

세 사람이 포르토마린을 향해 출발했다. 오늘은 총 22킬로미터의 거리를 걷는다. 날씨가 좋았다. 세 사람은 묵묵히 걸었다. 킴스가 앞서고, 도로시와 로저가 뒤따랐다. 뒤처지면 안 된다. 뒤처지면 들킨다. 한 걸음. 킴스는 무릎 연골이 찢어지는 듯한 통증이 온몸의 신경을 타고 올라오는 것을 느꼈다. 두 걸음. 관절이 삐걱거렸다. 세 걸음. 뼛속이 쑤셨다. 진통제를 먹었으니 곧 효과가 나올 거라고 생각하면서도 오늘따라 유독 몸이 납덩이처럼 무거웠다. '세상 잘 사는 어른인 척, 겁쟁이 주제에 용감한 척, 아는 것도 없으면서 지혜로운 척, 사랑을 잃었으면서 사랑하는 척. 나야말로 내가 누군지도 모르면서 누굴 챙긴다고.' 킴스는 가슴이 답답하고 숨이 막혔다.

요리로 정말 사람들을 건강하게 할 수 있을까. 나조차 건강하지 못한데. 돌아가면…… 한국에 가면 가면을 벗고, 힘들면 힘들다고……. 킴스의 생각이 뚝 끊겼다. 걷기 시작한 지 세 시간째. 세상이 흔들렸다. 아니, 자신이 흔들렸다. 시야까지 흐려져 앞에 걸어가던 어느 순례자의 노란 배낭이 두 개로 보였다가, 세 개로 보였다가 다시 하나로 합쳐졌다. 저혈당이다. 이런 느낌은 전에도 있었다.

뭐라도 먹어야 했다. 킴스는 배낭을 열려고 했으나 손에 힘이 없어 지퍼를 제대로 잡지 못했다. '여긴 어디지. 나는 어디로 가고 있지.' 머릿속이 하얘졌다. '아침을 굶어서인가. 초콜릿…… 아니, 사과가 배낭에…….' 식은땀이 등줄기로 흘러내렸다.

멀리서 도로시와 이야기를 나누며 걷던 로저가 그 모습을 바라보고 있었다. 킴스는 평소와 다르게 발걸음이 느렸고 허리가 구부정했다. 스틱으로 겨우 몸을 지탱하고 있는 것 같았다. 킴스의 얼굴이 창백해졌다. 이마에 땀이 맺혀 있었다. 다리에서 힘이 풀리더니 하체부터 무너졌다. 두 손에 들고 있던 스틱이 힘없이 땅바닥에 떨어졌다. 세상이 옆으로 기울더니 하늘이 돌고 땅이 다가왔다. 쿵. 둔탁한 소리가 들리며 시야가 흐려졌다. '이렇게 아무런 작별인사도 못하고 가는 건가.' 암흑 속에서 의식이 점점 희미해져 갔다.

그때 어둠 속 아주 멀리서 떨리는 목소리가 들렸다. 도로시였다.

"셰프님, 정신 차리세요."

로저가 가슴팍에 귀를 가져다 대고 심장 소리를 들으려 애썼다.

"도로시, 구급차. 전화 부탁해요."

도로시가 휴대폰을 꺼내 손가락을 떨며 번호를 누르려다 멈췄다.

"여기 응급구조 번호가…."

온 힘을 다해 심폐소생술을 하던 로저도 응급구조 번호를 기억으로 더듬으려 애썼다.

"112, 빨리요."

로저가 몇 차례 숫자를 세어가며 심폐소생술을 한 덕분인지 킴스의 의식이 희미하게 돌아오기 시작했다.

로저와 도로시의 목소리도 들렸다. 심하게 갈라져 있었다.

"하나 둘 셋 하나! 하나 둘 셋 둘!"

킴스는 가슴이 눌리는 통증을 느꼈다. 살아 있다는 증거였다. 눈꺼풀이 천근만근 무거웠다. 그래도 눈을 떠야만 했다. 겨우 뜬 눈에 하늘이 먼저 보였다. 파랗고 구름 한 점 없는 맑은 하늘. 이어서 도로시의 얼굴이 시야에 들어왔다. 눈물이 흘러내리고 있었다. 로저도 하얗게 질린 얼굴이었다.

"뭐야, 왜들 그래?"

겨우 입 밖으로 새어 나온 목소리가 힘없이 갈라졌다.

그래도 웃어 보이려고 입꼬리를 올렸다. 도로시가 소리 내어 울었다. 로저는 깊게 숨을 내쉬며 얼굴의 땀을 쓸어내렸다.

"셰프님! 십 년 감수했잖아요!"

"저혈당 맞죠. 아침 안 드셨죠?"

도로시가 울음을 참아가며 물었다. 킴스가 애써 괜찮은 척 미소를 보였다. 맞다. 커피만 마시고 알베르게를 나선 참이었다.

"남들한테는 밥 잘 챙겨 먹으라고 하면서요!"

로저가 소리쳤다. 이내 한숨을 내쉬며 킴스의 등을 일으켜 자신의 무릎으로 떠받친 후 또 잔소리를 퍼부었다.

"저 정말 이 길에 십자가 하나 세워야 하나 별의별 생각 다 했어요."

도로시가 배낭에서 바나나를 꺼내 건넸다. 킴스가 한 입, 또 한 입 천천히 그것을 먹었다.

"역시 음식이 사람을 살리네."

킴스가 힘겹게 일어서며 웃었다. 도로시가 택시를 부르자고 했지만 킴스는 괜찮다며 스틱을 짚고 일어섰다. 로저가 킴스의 배낭을 빼앗아 자기 앞에 멨다. 킴스가 만류했지만 로저는 괜찮다며, 아무것도 아니라며 고집을 부렸다. 도로시가 킴스의 한쪽 팔을 잡았고, 로저가 다른 쪽 팔을 잡았다. 세 사람은 그렇게 느리게, 아주 느리게 걸었다. 로저는 계속해서 몸을 돌보지 않은 킴스에게 구시렁거렸다.

부축을 받으며 걷는 건 처음이었다. 늘 돌보는 쪽이고 앞서서 이끄는 쪽이었다. 돌봄을 받는 게 이런 거구나. 눈가가 따끔거렸다. 그때 킴스의 휴대폰이 울렸다. 딸이었다. 킴스가 멈춰 서서 옷매무새를 정돈했다. 손등으로 얼굴을 닦고는 멀쩡한 척 영상통화를 받았다. 화면에 딸의 얼굴이 나타났다.

"아빠, 아직도 걷고 있어?"

"응, 아빠 잘 걷고 있어."

옆에서 로저와 도로시가 입을 막고 웃음을 참았다. 방금 쓰러져 있던 사람이, 딸 앞에서는 어쩔 수 없는 모양이다.

"중학교 2학기 수학 교재 주문해 줘. 선생님이 다음 주까지 가져오래."

킴스가 피식 웃었다. 다 큰 것 같아도 이런 걸 보면 아직 어린애다. 알겠다고, 얼른 주문해 놓겠다고 대답했다.

"고마워. 아……."

“응?”

“밥 잘 챙겨 먹어.”

목이 메었다. 아내가 하던 말을 이제는 딸이 하고 있었다.

“응. 알겠어. 잘 챙겨 먹을게.”

“빨리 와.”

“응. 조금만 더 걸으면 끝이야. 끝나면 바로 갈게.”

전화가 끊겼다. 킴스가 한참 동안 검은 화면을 바라보았다. 곧바로 온라인 서점 앱을 열었다. 2학기 수학 교재. 다음 주까지 도착해야 한다. 살아야 할 이유가 거창할 필요는 없었다. 딸의 수학 교재를 주문해 줘야 한다는 것. 도로시가 지금 우시는 거냐고 물었다. 킴스는 아니라고, 눈에 무언가가 들어가서 그렇다고 둘러댔다. 그 모습을 보며 로저는 자신의 아버지를 떠올렸다.

저녁 무렵, 세 사람의 앞에 긴 다리가 나타났다. 미뇨 강의 푸른 물이 긴 줄기를 이루며 흘렀다. 다리 아래를 내려다보니 물속에 무언가가 흐릿하게 보였다.

“저 밑에 뭐가 있는 거예요?”

도로시의 물음에 로저가 이곳에는 원래 마을이 있었다

고 설명했다. 집들과 성당, 광장까지, 사람들이 살던 곳이었는데 댐을 만들면서 다 물에 잠겼다고 했다. 세 사람은 난간에 기대 물속을 내려다보았다. 마치 흐릿하게 건물 윤곽이 보이는 것 같았다. 성당 첨탑 같은 것과 집 지붕 같은 것. 수면 아래 가라앉은 마을. 세 사람은 말없이 물을 바라보았다. 로저가 입을 열었다.

"저 성당은 옮겼어요. 물에 잠기기 전에 돌 하나하나를 해체해서 언덕 위로 옮겼대요."

로저가 한 곳을 가리켰다. 마을 입구에는 수몰 전부터 있었던 돌계단이 가파르게 위세를 드러내고 있었다. 이 계단을 올라야만 포르토마린 마을에 들어서게 된다. 계단 끝에는 요새처럼 단단한 성당이 있었다. 킴스가 성당을 올려다보았다.

"무거웠겠다."

"네?"

"성당을 통째로 옮기는 거. 엄청 무거웠을 거 아니야."

로저가 웃었다. "셰프님도 저희가 옮겼잖아요." 킴스가 피식 웃었다. 쓰러진 후 처음 진심으로 웃는 것이었다. 킴스는 속으로 생각했다. 묻어두기만 하면 안 되는 거구나.

세 사람은 성당을 올려다보았다. 물에서 건져 올린 성당을 향해 계단 위로 한 발짝씩 올라섰다.

산티아고까지 이제 정말 며칠 남지 않았다.

오늘의 목적지에 도착하자마자 도로시와 로저가 주방에서 분주히 움직였다. 킴스를 위한 요리를 준비하고 있었다. 전복과 문어를 넣어 영양과 스태미나를 챙기고 잣과 땅콩 가루로 맛을 살린 '기 충전 맛죽'. 로저와 도로시의 손발이 척척 맞았다. 전복과 문어 손질은 로저가, 잣과 땅콩을 잘게 부수는 일은 도로시가 맡았다. 싱싱한 브로콜리와 양상추, 파프리카로 샐러드도 만들었다. 요리를 완성한 그들은 침대에 누워 쉬고 있는 킴스에게 직접 가지고 갔다. 도로시가 킴스의 몸을 부축해 일으켜 세웠다.

"셰프님, 기 충전 맛죽입니다. 드시고 힘내세요."

로저가 쟁반을 킴스의 허벅지 위에 올려주었다. 킴스가 숟가락으로 한 입을 떠 먹고는 엄지손가락을 치켜세웠다. 그제야 도로시와 로저가 누가 먼저랄 것도 없이 동시에 안도의 한숨을 내쉬었다.

로저는 침대로 돌아와 가방에 달려 있던 캠코더의 메모리를 꺼내 노트북에 연결했다. 여러 개의 클립 중 자신이 킴스에게 심폐소생술을 하는 장면이 눈에 띄었다. 상하좌우로 마구 흔들린 탓에 화질도 포커스도 맞지 않는 장면이지만 긴박감과 현장감이 그대로 살아 있었다. 아. 이거였구나. 이게 다큐멘터리고 영화다.

세 사람은 막바지에 다다를수록 그저 하루를 잘 살아내려 했다.

팔라스 데 레이를 떠나 아르수아로 향하는 길이었다. 이슬이 채 마르지 않은 풀밭 사이로 좁은 흙길이 이어졌다. 전날 밤 내린 비로 땅이 부드럽게 젖어 있었고, 발걸음마다 낮게 물기 머금은 소리가 났다. 걷기 시작한 지 꼭 한 달이 되는 날이었다. 오늘은 세 사람이 각각 출발 시간대가 달랐다. 킴스가 제일 먼저, 그리고 로저가, 그 뒤로 도로시가 걸었다. 다른 날과는 다르게 모두 여유가 있었다.

아침 일찍 나서 길을 걸은 지 한 시간쯤 되었을 때 킴스의 휴대폰 진동이 짧게 울렸다. 딸 수아에게 온 문자일 것이라고 직감하며 주머니에서 빠르게 꺼내 확인했다. 역시 수아였다.

'아빠, 오늘은 아빠 꿈을 꿨어. 아픈 데 없지? 건강하게

잘 마무리하고 오세요.'

킴스의 눈에 눈물이 맺혔다. 참아보려 했지만 이내 눈물 줄기가 멈추지 않고 흘러내렸다. 그는 엉엉 소리 내어 울기 시작했다. 마치 어린아이처럼. 그렇게 몇 분을 울었다. 눈물이 다 빠져나가고 나서야 킴스는 가만히 생각했다. 우리 딸, 잘 자라고 있구나.

도로시는 걷는 내내 이어폰을 귀에 꽂고 음악을 들었다. 어젯밤 자기 전에 플레이리스트에 골라 담아놓은 스페인의 유명한 대중가요들이 차례로 흘러나왔다. 자신의 음악이 아닌 다른 누군가의 음악. 노래를 들으며 생각했다. 멜로디로, 가사로 사람의 마음을 움직이는 음악의 힘은 언어와 남녀와 나이의 구분이 없다는 것을.

로저도 오늘은 카메라를 배낭에 넣고 걸었다. 오늘 하루만큼은 온전히 두 눈으로 순례길을 즐기고 싶었다. 바람이 느껴지고 새소리가 들리고 거친 땅의 표면이 발바닥으로 전해졌다. 하늘은 유난히 낮아서 손을 뻗으면 구름을 잡을 수 있을 것만 같았다.

어린 시절 아버지와 냇가에서 고기를 잡던 장면이 떠올랐다. 그날도 이렇게 구름이 손에 잡힐 만큼 낮아 보였다.

맨발로 고기를 어항으로 몰다가 발바닥이 유리 조각에
베였다. 아버지가 다급히 자신을 업고 병원까지 5킬로미
터가 넘는 길을 뛰어갔다. 아버지 등의 뜨거운 온기가 지
금까지도 생생했다. 등에 업힌 채 바라본 세상, 그리고 병
원 옆 극장 간판이 눈에 들어왔다. 그 간판 앞에서 아버지
가 잠깐 멈춰 섰다. 고개를 돌려 아들을 바라본 아버지는
아무 말 없이 웃고 있었다.

오늘따라 유독 기분이 좋은 킴스가 아르수아에 도착해
치즈를 샀다. 크림처럼 부드러운 맛이었다. 그는 빵에 올려
먹으면 끝내준다며, 치즈 몇 장을 사서 둘에게도 나눠주었
다. 로저는 알베르게 앞 식당을 찾아가 순례자 메뉴와 글
라스 와인을 시켰다. 킴스가 사준 치즈를 안주 삼아 한참
을 음미했다. 멀리 저녁노을이 붉게 물들고 있었다. 밤 10
시가 다 되었는데도 밤하늘은 여전히 환했다. 로저는 세
시간 동안 그 자리에 그렇게 앉아 있었다.

아르수아를 떠났다. 산티아고까지 40킬로미터, 이틀이

면 도착한다. 걸으면서 아무도 말이 없었다. 아주 단순한 일상을 매일같이 반복했다. 하지만 그 걸음걸음마다 사연이 쌓이고 감정이 바뀌었다. 그렇게 걸어온 길이 이틀이면 끝난다고 하니 기쁘면서도 한편으로 아쉬웠다. 오 페드로우소는 산티아고 전날 밤을 보내는 곳이다. 목적지 중간 마을의 작은 카페에 들른 도로시는 토르티야 한 조각과 에스프레소를 시켜 허기를 달랬다.

'순례길 완주를 하면 뭘 하지? 한국으로 돌아갈까? 아니면 포르투갈을 들렀다가 지중해 쪽을 더 여행해 볼까? 이제 나를 쉬게 해줄 차례가 왔다. 언제 또 올 수 있을까. 여행, 진짜 여행을 해보자. 그래, 포르투갈로.' 토토의 줄을 조율하며 도로시는 지중해에 있을 자신을 상상했다.

수백 킬로미터를 걸어온 발바닥도, 무거운 배낭에 짓눌렸던 어깨도, 뜨거운 태양과 마주하는 얼굴 피부도 벌써 이 길에 적응이 됐다. 조금 아파도 견딜 수 있었고, 검게 그을린 얼굴도 익숙해졌다. 비포장 도로도, 산길도, 아스팔트 위도 이제는 낯설지 않았다. 목적지가 멀리 있어도 계속 걸었다. 그렇게 32일 차가 됐다. 하루만 더 걸으면 최종 목적지인 콤포스텔라 대성당에 도착한다.

오후 3시쯤 오 페드로우소에 도착했다. 알베르게와 카페 몇 개가 전부인 작은 마을이었다. 마을은 순례자들로 북적였다. 모두 내일을 기다리고 있었다. 저녁을 먹고 순례자들이 알베르게 앞마당에 모였다. 순례길 동기인 크리스티와 루카도 보였다. 하지만 금발의 유키가 보이질 않았다. 크리스티 말로는 며칠 전 발목 부상이 심해져 완주를 포기하고 일본으로 귀국했다고 한다.

누군가가 와인을 열고 잔을 돌렸다. 볼이 홀쭉해졌지만 눈빛은 맑아진 크리스티가 외쳤다.

"내일이면 끝이에요. 믿기지 않아요."

그러자 어느새 수염이 길게 자라 얼굴을 뒤덮고 있는 루카도 나섰다.

"끝 같지만 시작이에요."

킴스도 잔을 들고 말했다.

"여기까지 온 모든 분들을 위하여!"

모두 건배했다. 그날 밤 알베르게 마당. 수억 년 전 출발한 빛들이 이제야 그들의 눈에 닿고 있었다. 세 사람은 나란히 앉아 별을 바라봤다. 도로시가 먼저 입을 열었다.

"내일이에요."

침묵이 감돌았다. 로저가 카메라를 들었다가 이내 내려놓았다. 오늘 밤은 그냥 눈으로만 보고 싶었다. 킴스가 로저를 바라보며 말했다.

"로저 많이 바뀌었어."

"저요? 헤헤. 셰프님도."

"나도?"

"요즘은 약 안 드시잖아요."

킴스가 웃었다. 오랜만에 쓴웃음이 아닌 진짜 웃음을 지었다.

"완전히 들켰다."

별이 빛나고 바람이 불었다. 달콤하면서도 시원한 유칼립투스 향이 코끝을 스쳤다. 바람이 불 때마다 나뭇잎이 사각거렸다. 은빛 잎들이 달빛을 받아 반짝였다. 20미터 높이의 유칼립투스 나무들이 밤하늘을 향해 쭉 뻗어 있었다. 어디선가 부엉부엉 올빼미 소리가 들렸다. 멀리서 대답하듯 또 다른 올빼미가 울었다. 서른세 번째 밤의 전야였다. 세 사람은 킴스가 만든 요리, 문어와 가리비와 떡에 치즈와 카레, 고추장을 넣은 '오늘 밤 우리의 추억을 간직해'를 맛보았다. 도로시의 입에서 허밍이 새어 나왔다.

이제 도로시의 노래는 네 사람 모두를 위한 노래가 되고 있었다. 완성되면 들려주겠다는 도로시의 말에 로저가 기대하겠다고 화답했다 도로시의 허밍처럼, 아직 분명한 가사가 없어도 알 수 있었다. 이 밤이, 그리고 도로시의 노래가 끝나지 않았으면 좋겠다고.

CHAPTER 17

끝이 아닌 또 다른 시작

산티아고

그날이 왔다. 산티아고 데 콤포스텔라. 순례길의 종착역이자 어쩌면 새로운 시작을 알리는 그곳.

킴스는 새벽 네 시에 눈을 떴다. 쿵. 쿵. 쿵. 오늘이다. 그 생각에 몸이 떨렸다. 33일, 800킬로미터의 여정이 오늘로 끝난다. 옆 침대에서 인기척이 났다. 도로시도 깨어 있었다. 눈이 마주쳤다.

새벽 안개 속을 걸었다. 발걸음이 의도적으로 느려졌다. 한 걸음 한 걸음을 아끼며 발바닥으로 땅의 흙, 자갈, 돌을 한껏 음미했다. 발바닥이 기억하는 33일, 그동안 걸어온 길의 마지막 조각들이었다. 로저는 카메라로 마지막 여정을 누구보다 빠르게 움직이며 담고 있었다. 하지만 잊지 않았다. 렌즈 너머의 세상을 마음속으로 간직하는 방법에 대해서.

안개가 서서히 걷히기 시작했다. 햇살이 비쳤다. 안개 사이로 쏟아지는 금빛 햇살이 길 위에 무늬를 만들었다. 오르막이 나왔다. 순례길 마지막 언덕인 몬테 도 고소, '기쁨의 언덕'이었다.

"마지막 언덕이 보입니다. 33일, 800킬로미터. 저 언덕 꼭대기에 배낭을 멘 채 저 멀리를 바라보는 순례자 동상이 서 있습니다."

순례자들은 그곳에서 처음으로 그들의 종착지인 산티아고를 멀리 내려다볼 수 있다. 그래서 '기쁨의 언덕'이라 불렸다. 함께 걸어온 순례자들이 하나둘 모여들었다.

"보여요."

누군가가 큰소리로 외쳤다. 마지막 오르막이었다.

가파르지 않고 완만했지만, 킴스의 다리가 떨렸다. 800킬로미터의 무게가 고스란히 다리에 쌓였다. 한 걸음, 두 걸음, 세 걸음. 숨이 가빠지고 심장이 두근거렸다. 가슴 한복판이 쿵쾅대며 떨렸다. 운동 때문이 아니라 긴장 때문이었다. 설렘, 그리고 두려움 때문이었다. 끝이다. 진짜 끝이다. 이제 끝난다. 꼭대기에 올랐을 때, 세 사람이 동시에 걸음을 멈췄다. 저 멀리에 무언가가 솟아 있었다. 산티아고 대성당의 첨탑이었다. 아침 햇살을 받아 금빛으로 빛났다. 구름 사이로 빛이 첨탑 위에 내려앉았다.

영화 제목은 여행자들. 등장인물은 킴스와 도로시 그리고 로저. 준상에게 허락을 구하면 준상까지 넷. 구조를 잡았다. 출발하다, 걷다, 멈추다, 다시 걷다. 그리고 도착. 순례길과 같은 순서였다. 아주 평범한 네 사람이 걸었다가 넘어졌다 다시 일어나는 이야기. 투자는 없다. 내 돈을 들여서라도 만들어야겠다. 이 길을 걸어온 것처럼 하나하나 해나가면 된다.

킴스가 새벽에 혼자 밥을 짓는 장면. 도로시가 빗속에서 춤추던 장면. 준상이 철의 십자가 앞에 서던 장면. 카메라에 담긴 사람들의 얼굴들. 지쳐서 주저앉은 순례자, 길을 잃고 울던 노부부, 모르는 사람에게 물을 건네던 손. 아직 조회 수가 없는 영상들이었다. 업로드하지 않은 것들. 그렇지만 이게 더 진짜였다.

"33명이 진심으로 감동한다면 33만 명이 스쳐 지나가는 것보다 나을 수도 있잖아요."

킴스의 말이 떠올랐다. 로저는 카메라를 들어 대성당을 향해 줌을 당겼다. 가슴이 벅찼다.

아직 5킬로미터는 남아 있었다. 그런데 줌 인 된 렌즈 안으로 그 모습이 보였다. 손에 닿을 듯했다. 킴스는 말없이 대성당을 한참 동안 바라보았다. 아내와 가고 싶었던 그곳. 그곳에서 모든 것이 내려다보였다. 도로시도 무언지 모를 기쁨에 두 팔을 벌려 대성당을 품는 흉내를 냈다. 등 뒤에서 토토가 덜그럭 소리를 냈다. 마치 도로시의 마음을 대신 말해주는 것 같았다. 그 울림이 도로시의 가슴을 벅차게 했다. 깊게 숨을 들이마시고, 천천히 내쉬었다. 세 사람이 서로를 바라보았다. 땀과 33일의 흔적이 얼굴에 묻어 있었다. 마지막 5킬로미터를 향해 세 사람은 다시 걸었다.

마침내 도시로 들어섰다. 수백 년 된 돌로 포장된 골목 길과 그만큼의 세월을 버텨온 건물들이 이어졌다. 순례자 들이 대성당을 향해 같은 방향으로 줄지어 걸었다. 골목이 점점 좁아지며 앞사람의 등만 보이고, 뒷사람의 발소리만 들렸다. 돌바닥이 탁, 탁, 탁 발밑에서 울렸다. 수백 년 동 안 순례자들이 밟아 닳고 닳아 반들반들해진 돌 위를 걷고 있었다. 골목에서 빵 굽는 냄새와 커피 향이 흘러나왔다. 아침을 맞는 도시의 냄새였다. 그리고 골목이 끝나자 시야가 확 트였다. 오브라도이로 광장이 눈앞에 펼쳐졌다.

33번째 날 정오에 세 사람은 드디어 목적지에 도착했다. 심장과 온몸을 요동치게 하는 관악기 연주가 들려왔다. 로저는 발걸음을 멈춰 잠시 음악을 감상했다. 알 수 없는 전율이 온몸을 휘감았다. 드디어 아치형 입구를 지나 세 사람의 발이 광장을 내디뎠다. 찬란한 빛이 쏟아지며 이들을 맞이했다. 광장은 순례자들로 가득했다. 울고 있는 사람, 웃고 있는 사람, 바닥에 누워 하늘을 바라보는 사람, 서로를 껴안는 사람. 순례길 단짝이 된 크리스티와 루카도 서로 키스를 하며 완주를 축하하는 모습이 보였다. 그리고 광장에 도착하는 사람들은 모두가 같은 곳, 대성당을 바라보았다.

바로크 양식의 대성당은 정면에서부터 압도적인 위용을 드러내고 있었다. 두 개의 종탑이 하늘을 찌르고, 야고보 성인의 동상이 꼭대기에서 순례자들을 내려다보고 있었다. 천 년 넘게 순례자들을 맞이해 온 자리였다. 세 사람도 광장 한가운데서 멈춰 서서 그곳을 올려다보았다. 눈앞에 우뚝 선 대성당은 가까이서 보니 더욱 웅장했다. 긴 세월이 돌 하나하나에 새겨져 있었다. 성인들과 천사들, 야고보 성인의 돌 조각상들이 순례자들을 내려다보고 있었다.

바람이 광장을 가로질러 얼굴에 닿으며 800킬로미터를 걸어온 땀과 먼지를 씻어냈다. 킴스가 로저와 도로시의 등을 토닥여주었다. 세 사람은 서로를 꼭 안았다. 도로시가 먼저 무너졌다. 돌바닥에 주저앉았다. 순례길 여정이 마치 한 편의 영화처럼 흘러갔다. 오디션장 형광등. 안개 속 피레네. 철의 십자가 앞 손수건. 내리막길에서 굴러떨어지던 토토. 도로시는 토토를 꼭 껴안고 알 수 없는, 말로 표현할 수 없는 무언가를 느꼈다. 약간의 기쁨과 아쉬움, 성취감, 그리고 약간의……. 도착하기 전에는 눈물이 날 것 같았는데 이상하게도 눈물 대신 웃음이 입가에 번졌다. 나를 찾은 여행이었다. 다시 시작될 삶의 희망을 보게 된 경험이었다.

로저는 배낭을 벗어 바닥에 내려놓고 산티아고 대성당을 한 바퀴 천천히 돌며 지난 길을 떠올렸다. 뒤에서 촬영하고, 앞으로 뛰어가 찍고, 옆에서 함께 걸으며 이야기를 담던 이 길의 순간순간들. 편집하고 업로드를 하면서 고민

하고 결정해야 했던 수많은 시간들. 로저에게 이 길은 800킬로미터가 아니라 그 배를 걷고 뛴 거리였다. 해냈다. 터널의 끝에서 햇살을 보았다. 그리고 어머니. 하염없이 눈물이 볼을 타고 흘러 내렸다.

킴스는 돌바닥 위에 무거운 배낭을 벗어놓고 신발과 양말도 벗어서 그 옆에 가지런히 놓았다. 그러고는 앉아서 자신의 맨발을 보았다. 33일간 자신의 몸을 지탱해 준 발이 기특하고 고마웠다. 무릎은 여전히 아팠지만 이제는 그 통증도 친구 같았다. 바닥에 누워 무심히 먼 하늘을 올려다보았다. 딸아이의 얼굴이 하늘을 가득 채웠다. 사랑한다는 말 한마디를 아끼지 않는 삶……. 한국에 돌아가면 이 세 가지는 꼭 실천하며 살아야겠다고 다짐했다. 눈물 대신 가슴이 뜨거워졌다.

셋은 800킬로미터를 걷는 33일 동안 수많은 일을 겪었다. 험준한 피레네를 넘고, 베드버그를 만나고, 비를 맞으며 춤췄다. 토토가 부서졌다. 메세타를 건너고, 철의 십자가에서 울었다. 준상과 만나고 헤어졌다. 그 모든 것이 이 광장, 이 순간으로 이어졌다.

"혼자였으면 못 왔을 거예요."

"고생하셨어요, 셰프님."

로저가 킴스를 꼭 안았다.

"셰프님이 아니었으면 우리도 이곳에 도착하지 못했을 거예요."

도로시도 다가와 킴스를 꼭 껴안아 주었다. 세 사람은 사진을 찍고 순례자 사무소로 갔다. 길게 선 줄. 드디어 세 사람의 차례가 왔다. 떨리는 손으로 받아 든 콤포스텔라. 순례 증명서를 받았다. 라틴어로 쓰인 오래된 양식.

Hoc sacratissimum Templum pietatis causa visitasse.
경건한 마음으로 이 성스러운 성당을 방문하였음을 증
명합니다.

세 개의 증명서에 세 사람의 이름이 새겨졌다. 세 사람은 서로를 바라보았다. 비어 있는 한 자리가 느껴졌다. 그들의 마음속에는 네 번째 이름도 있었다. 로저가 휴대폰을 꺼내 오랜만에 구독자 수를 확인했다. 18만 9,000명. 33만 명에서 14만 명 이상이 모자란 수였다. 역시나 실패였다. 27일째 밤에 반도 못 채운 숫자를 이미 확인했었다. 그래도 걸었다. 지금까지 걸어온 것처럼. 33만 명을 달성하는 기적은 없었지만 이곳을 걸은 순간순간이 기적이었다. 1만 4,000명이 5만 명이 되고, 10만 명이 되고, 18만 명이 되었다. 하지 않았으면 이루어지지 않았을 숫자, 하지 않았으면 경험하지 못했을 것들. 느끼고 깨닫게 된 것들. 그것으로 됐다.

그 경험이 기적이었다.

철의 십자가에서 내려놓은 게 숫자, 비교, 조급함이었다. 로저는 휴대폰을 주머니에 넣고 고개를 들었다. 대성당의 첨탑이 석양에 물들어 있었다. 괜찮아. 이야기는 남았으니까, 내 방식대로 만들면 돼. 다시 한번 다짐했다.

셋은 광장을 벗어나 작은 카페에 앉아 도착의 기쁨과 아쉬움에 대해 수다의 시간을 갖고 대성당 미사가 열리는 시간에 맞춰 성당 안으로 들어갔다. 끝이 보이지 않는 높은 천장의 스테인드글라스로 빨강, 파랑, 초록, 노랑 색색의 빛이 쏟아졌다. 가슴을 울리는 장엄한 파이프오르간 소리가 울려 퍼졌다. 순례자 미사가 시작되었다. 킴스와 로저, 도로시는 각자의 방식으로 십자가와 성당 안의 거룩함을 느끼고 있었다.

그때 천장에서 무언가가 내려왔다.

거대한 향로, 보타푸메이로였다.

처음에는 좌우로 천천히, 조금씩 움직이다가 점점 빨라지고 높아졌다. 천장 가까이까지 치솟았다가 반대편으로 휘몰아쳤다. 바람이 일었다. 향 연기가 성당 전체에 퍼졌다. 도로시의 눈에서 눈물이 흘렀다. 왜 우는지는 몰랐다. 그냥 눈물이 났다. 피레네의 첫 오르막, 베드버그를 피해 도망친 밤, 토토가 부서졌을 때의 절망, 빗속에서 춤을 춘 미친 순간, 무지개, 철의 십자가, 준상의 눈물. 향로가 흔들릴 때마다 기억들이 스쳐갔다. 킴스도 로저도 두 손을 모았다.

킴스는 아내와 딸, 그리고 앞으로 살아갈 날들을 생각했다. 로저는 아버지와 어머니, 그리고 자신의 꿈을 생각했다.

저녁, 산티아고의 작은 레스토랑에서 세 사람은 마지막 저녁을 함께했다. 창밖으로 석양에 물든 대성당의 첨탑이 우뚝 솟아 있었다. 그들의 나무 접시 위에는 붉은 문어가 놓여 있었다. 갈리시아 문어 요리 뽈뽀 아 뻬이라를 먹으며 그곳의 화이트 와인인 알바리뇨도 곁들였다. 도로시가 건배하자고 했다. 세 개의 잔이 맑은 소리를 내며 부딪혔다.

"앞으로 다들 어떻게 할 거예요?"

해맑게 던진 로저의 질문이었지만 킴스도 도로시도 잠시 생각에 잠겼다.

"저는 돌아가자마자 지금까지 찍은 영상들을 다큐멘터리로 편집해 보려고요."

무언가 결의에 차 있는 눈빛이었다.

"제 돈을 들여서라도 만들 거예요."

로저의 단호한 어조에 킴스가 손에 쥔 와인잔을 내려놓고 팔짱을 끼었다.

"저는 한 달 정도 더 포르투갈을 여행해 볼까 생각 중이에요."

도로시의 대답에 로저의 눈빛이 반짝거리기 시작했다. 나도 따라갈까요? 묻는 로저에게 도로시가 되물었다.

"영화는 어쩌고요?"

"또 한 편의 영화가 나오지 않겠어요? 포르투갈에서 사랑을."

도로시가 뭐래요, 하며 피식 웃었다. 그러나 싫기만 한 표정은 아니었다. 세 사람이 동시에 웃음을 터뜨렸다. 한바탕 웃고 나서 도로시와 로저가 킴스를 바라봤다.

"셰프님은요?"

도로시의 물음에 킴스가 창밖을 바라보았다. 대성당의 첨탑 끝에 석양에 물든 하늘이 몽환적인 분위기를 자아냈다.

"식당 열 거예요."

로저와 도로시가 이구동성으로 물었다.

"식당이요?"

"네. 작은 식당. 사람들의 슬픔을 달래주고 행복을 주는 식당 까미난떼."

로저가 좋다며 박수를 치며 까미난떼가 무슨 뜻이냐고 물었다.

"아내가 좋아했던 스페인 시인 안토니오 마차도의 시에서 따온 이름이에요. 여행자라는 뜻이에요."

로저가 손뼉을 치더니 엄지손가락을 치켜세웠다.

"셰프님은 정말 양파 같아요. 까도 까도 멋있으셔."

로저의 농담에 도로시가 옆에서 웃음을 터뜨렸다.

"메뉴 이름은 감기 걸렸을 때 먹는 감기 꺼져, 우울할 때

먹는 우울 저리 가, 사랑할 때 먹는 랑해랑해 사랑해. 어때?”

도로시가 거들었다.

“복해복해 행복해도 추가요.”

순간 로저가 손을 번쩍 들었다.

“셰프님, 제 영화 제목으로 써도 될까요? 까미난떼.”

킴스가 잠시 뜸을 들이다 로저의 두 손을 꼭 잡으며 말했다.

“정말? 고마워.”

세 사람이 와인 잔을 부딪치며 웃었다. 창밖으로 대성당의 첨탑이 더욱

찬란한 금빛으로, 불꽃처럼 석양에 빛나고 있었다.

순례길 1년 후,
까미난떼에서 보내온 초대장

서울 홍대의 작은 소극장. 300여 명의 관객들이 도로시의 노래에 흠뻑 취해 있었다. 도로시의 손에는 여전히 토토가 들려 있었고, 양옆으로는 키보드와 베이스, 드럼, 일렉기타를 연주하는 밴드 멤버들이 합세해 있었다. 관객들의 앙코르 요청이 몇 분간 지속되자 도로시는 순례길에서 만든 '말 대신'을 불렀다.

사랑한다는 말 대신 꼭 안아줄게요
고맙다는 말 대신 두 손 꼭 잡을게요

로저가 객석 맨 뒤에서 카메라를 들고 도로시의 모습과 열광하는 관객들을 번갈아 담았다. 킴스와 딸 수아는 중간 줄에 앉아 연신 박수를 치며 노래를 따라 불렀다. 킴스가 수아의 손을 잡고 높이 들어 리듬에 맞춰 좌우로 흔들었다. 수아가 아빠를 올려다보며 웃었다. 그리고 또 한 사람, 도로시의 엄마가 손수건으로 눈물을 훔치며 환하게 웃고 있었다.

그대 마음의 흐름이 내 숨결과 같아서
그대 시선의 온도와 내 표정이 닮아서

조명 아래 도로시의 얼굴은 세상 모든 것을 가진 듯 행복해 보였다.

오늘은 특별한 날이었다. 영화 〈까미난떼〉 개봉 1주년이자 도로시가 단독 공연을 무사히 마친 기념, 그리고 네 사람이 다시 모이는 날이다. 킴스는 새벽 다섯 시에 알람 없이도 눈을 떴다. 순례길이 남긴 습관이었다. 공황과 불면에 시달리며 약 없이는 하루도 못 버텼던 1년 전과는 달랐다.

킴스가 앞치마를 두르고 주방에 섰다. 박수를 세 번 쳤다. 짝. 짝. 짝. 칼을 쥔 손이 도마 위를 자유롭게 날아다녔다. 교복을 입은 딸 수아도 아빠의 박수가 끝나자 콧노래를 흥얼거리며 테이블을 닦았다.

"아빠, 아빠표 기다림의 수프는 매일 먹어도 질리지 않아. 용돈 알지?"

"오늘은 특별히 일찍 나왔으니까 보너스도 주지."

"정말? 고마워요."

수아의 밝게 웃는 표정을 보며 킴스는 하얀 치아가 다 드러나도록 아빠 미소를 지었다. 오전 8시, 알람 시계가 울렸다.

"학교 안 가? 늦겠다."

"학교 다녀오겠습니다."

수아가 테이블 위에 놓여 있던 가방을 빠르게 둘러메고 가게 문을 힘차게 열고 밖으로 나섰다. 수아의 뒷모습을 보는 킴스의 입가에 다시 저절로 미소가 번졌다.

해가 뉘엿뉘엿 저물어갈 때쯤 종소리를 내며 문이 열렸다. 기타를 멘 젊은 여자가 문 뒤에서 나타났다.

"셰프님."

킴스는 1년 전과 사뭇 다른 도로시를 바라보았다. 구부정하던 어깨가 펴져 있었고, 눈을 피하던 시선은 당당하게 정면을 향해 있었다.

"잘 왔어."

로저가 뒤늦게 문을 열었다. 킴스가 직접 달아둔 풍경 소리가 짧게 울리며 손님이 들어오는 걸 알렸다. 순례길 마지막 날, 산티아고 광장 근처 가게에서 산 것이다. 드디어 셋이 테이블에 둘러앉았다. 킴스가 와인을 따랐다. 리오하 레세르바, 순례길 초입 마을에서 마셨던 것과 같은 품종이었다.

"공연이 갈수록 멋있어요"

로저가 엄지손가락을 치켜세우며 말했다.

"참, 영화 반응은 어때?"

킴스가 로저에게 물었다.

"대박은 아니지만 괜찮아요."

괜찮다는 말이 진심으로 들렸다. 1년 전의 로저였다면 숫자부터 먼저 말했을 것이다. 관객은 몇 명이 왔으며 평점은 얼마라고. 지금은 달랐다.

"그 투자자 있잖아요. 귀국하고 메일이 왔어요."

“뭐래요?”

33만 명 미션은 실패했지만, 영상을 지운 순간 당신의 도전은 성공한 거라는 익명의 구독자 이야기를 들려줬다. 도로시가 고개를 갸웃하며 중얼거렸다. “대체 누구지?” 그러고서는 로저에게 그 사람이 아직도 누군지 모르냐고 물었다. 그때 와인 잔이 탁 하고 테이블에 닿는 소리가 났다. 킴스였다.

“사실…… 나야.”

로저와 도로시가 동시에 휘둥그레진 눈으로 킴스를 바라보았다.

“사업할 때 번 돈이 좀 있었어. 순례길을 영상으로 남기고 싶었어. 거기에는 무언가가 있다고 생각했거든.”

로저가 입을 다물지 못하며 물었다. 대체 왜 자기에게 연락했느냐는 것이었다.

“로저, 챌린저 초기에 어머니한테 생신 케이크 만들어드린 영상 있었지?”

로저의 눈이 한층 더 커졌다.

“그때 알았어. 로저가 참 좋은 사람이라는 걸. 순례길 간다고 했을 때 같이 가고 싶었지.”

“그럼 그냥 같이 가자고 하시지, 왜?”

로저가 억울하다는 듯 물었다.

“그러게, 지금은 후회해. 내가 왜 그런 불가능한 미션을 로저에게 던졌는지. 아마도 뭔가를 증명하고 싶었던 것 같아.”

“증명이요?”

“순례길은 수많은 선택의 기로에 놓인 사람에게 과연 어떤 선택을 하게 할까?”

로저가 고개를 푹 숙였다. 킴스가 걱정스러운 듯 조심스레 물었다.

“화나요?”

“조금요. 하지만 아뇨. 다행이에요. 셰프님이라서.”

킴스가 그제야 엷은 미소를 지었다. 잠시 후 무덤덤한 목소리로 말했다.

“수아한테 이 영화를 보여주고 싶었어.”

킴스는 와인 잔을 다시 들었다. 로저와 도로시는 그의 입에 집중했다.

“사춘기 딸한테 직접 말하면 잔소리가 되잖아.”

도로시가 호기심 어린 눈빛으로 물었다.

“반응이 어땠어요?”

"아무 말 안 하더라. 그래도 끝까지 봤다는 게 어디야."

그렇게 말하는 킴스의 입꼬리가 살짝 떨리며 올라갔다.

"근데 로저, 어머니는? 아버지 병원비는?"

킴스가 조심스럽게 물었다. 로저의 표정이 잠시 굳었다가 풀렸다.

"아버지가 얼마 전에 중환자실로 옮기셨어요. 몸이 좀 더 안 좋아지셔서요."

킴스와 도로시가 말없이 로저를 바라보았다. 로저가 괜찮다는 듯 고개를 저었다.

"그래도 영화 수익이랑 알바도 하고 해서 병원비 걱정은 좀 덜었어요. 할 수 있게 되더라고요."

이 한마디에 33일이 담겨 있었다.

"순례길 걷기 전에는 생각만 복잡했는데, 지금은 일단 부딪히고 해보게 돼요. 그래서인지 하나씩 해결해 나가고 있어요."

킴스가 아무 말 없이 로저의 잔에 와인을 채웠다. 로저가 벽을 바라보았다. 액자 속에서 노랑, 초록, 파랑, 흰색 우비를 입은 네 사람이 비를 맞으며 웃고 있었다.

"저거 근데 누가 찍었어요? 다들 춤추고 있었잖아요."

"이름 모를 외국인 순례자가 보내줬어. 메모랑 같이. '정말 살아 있어 보였어요. 부엔 까미노.'"

세 사람의 시선이 사진에 잠시 머물렀다. 시선이 일제히 향한 곳은 사진 속 네 번째 사람, 흰색 우비를 입은 준상이었다. 그때 풍경이 작은 소리를 내며 문이 열렸다. 단발머리에 아담한 체구를 한 여자가 빼꼼 고개를 내밀었다.

"안녕하세요. 나혜지입니다."

킴스가 앞치마를 벗으며 반갑게 다가갔다.

"어서 와요, 혜지 씨."

도로시가 벌떡 일어났다.

"준상이는요?"

혜지가 입술을 깨물었다. 대답이 늦었다.

"면회 다녀오는 길이에요."

면회라는 말에 침묵이 내려앉았다. 킴스가 서둘러 의자를 가져오며 혜지에게 앉으라고 권했다. 혜지가 앉아서 세 통의 편지를 꺼내 건넸다.

"준상이가 꼭 전해달라는 편지가 있어서 왔어요."

준상은 도망친 대가로 2년 형을 구형받고 복역 중이었다. 나오려면 아직 1년은 더 있어야 한다. 킴스가 주방으로 들어가 편지를 펼쳐 읽었다.

셰프님, 감사합니다. 요즘 주방에서 설거지하며 셰프님
생각 많이 해요. 도망치지 않고 마주할 용기를 갖게 해주
셔서 감사합니다.

도로시도, 로저도 얼른 편지지를 펼쳤다.

누나, 고마워요. 저를 위해 만든 노래,
매일 수십 번씩 듣고 있어요.
형, 영화 잘 봤어요. 그때 그 영상 삭제해 줘서
정말 고마웠어요.

"준상이가 출소하면 함께 순례길 가기로 했어요."
혜지가 말했다. 킴스가 주방에서 수프가 담긴 냄비를 들
고 나왔다.
"좋네. 두 사람 가기 전에 꼭 들려요. 내 순례길 레시피
전수해 줄게."
뒤이어 음식이 나왔다. 마늘 수프, 하몽, 만체고 치즈, 감

바스. 모두 순례길에서 먹었던 것들이었다. 네 사람은 먹으며 이야기를 나누었다. 까미노에 대해, 그 길 위에서 만났던 사람들, 풍경들, 순간들에 대해. 따스한 온기와 함께 밤이 깊어 갔다. 모두 한창 추억에 잠길 즈음, 도로시가 토토를 들었다.

"한 곡 할까요."

도로시의 손가락은 이미 줄 위에 있었다. 첫 코드가 울렸다. 메세타의 황금빛 밀밭을 스치던 바람 같은 소리였다.

네 옆에는 내가 있어 언제나 항상
이것만 기억해 줘 바람이 널 스치면 그건 나라고
또는 말이야 혼자라 느낄 때는 하늘을 봐
구름을 비집고 나오는 햇살도 나라고

노래가 끝났다. 모두 조용히 노래를 음미했다. 오랫동안 여운이 감돌았다. 벽의 액자 속에는 네 사람이 비를 맞으며 웃고 있지만, 의자는 하나 비어 있다. 하지만 그 빈자리가 쓸쓸하지는 않았다. 그곳은 오히려 약속처럼 느껴졌다. 1년 후, 그는 돌아올 것이다.

딸랑, 문이 열렸다. 지친 얼굴의 청년이 들어왔다. 커다란 배낭과 흙먼지 묻은 등산화 차림에 멍한 눈빛이었다. 배낭 옆에 조개껍데기 하나가 매달려 있었다. 킴스가 고개를 들었다.

"어서 와요. 배고프죠?"

대답이 없었다. 킴스가 의자를 끌어당기며 권했다.

"일단 앉아요."

청년이 천천히 걸어왔다. 배낭을 내려놓았다. 쿵, 무거운 소리가 들렸다. 짐만 무거운 게 아닌 것 같았다. 순례길을 막 마치고 이곳으로 넘어온 여행자로 보였다. 완주는 했을까. 중간에 포기하고 온 걸까. 청년의 피곤하고 어두운 표정에 킴스의 머릿속에서 잠시 많은 생각이 스쳤다.

킴스가 서둘러 주방으로 들어가 앞치마를 고쳐 매고 칼을 들었다. 도마 위에 양파가 놓였다. 사각, 첫 번째 칼질 소리가 들렸다.

"당신의 슬픔을 요리해 드릴게요."

양파 향이 퍼졌다. 눈이 매웠다. 눈물이 나도 괜찮았다. 그게 양파 때문인지, 다른 이유인지, 여기서는 아무도 묻지 않았다. 다시 요리가 시작되었다.

어느 날, 다리에 힘이 풀렸다.

서 있는 것조차 버거운 날이었다. 몸이 먼저 알고 있었다. 의사는 공황장애라고 했다. 불안과 불면이 그 뒤를 따랐다. 더는 버티는 척할 수 없다는 것을. 그러던 어느 날 선배가 내 손목을 잡았다. 끌려가듯 비행기에 올랐다.

800킬로미터의 산티아고 순례길. 불안했다. 설레기도 했다. 그러나 솔직히 말하자면, 나는 그 길 위에서 무언가를 찾으려 한 게 아니었다. 도망치려 했다. 나를 짓누르던 모든 것으로부터, 어쩌면 나 자신으로부터도.

그 도망은 오래가지 못했다. 극심한 육체의 통증이 찾아왔다. 발바닥이 불에 타는 것 같았고, 무릎은 계단 하나를 내려서는 것도 허락하지 않았다. 거기에 정신적인 불안이 겹쳐오자 한 발짝 앞이 절벽처럼 보였다. 한국행 비행기표를 검색하던 그 밤을, 나는 아직도 기억한다. 화면 불빛 앞에 앉아 이것이 포기인지 선택인지조차 분간하지 못하던 그 밤을.

선배가 또 붙잡았다. 며칠만, 이라고 했다. 쉬어가는 동안 스페인 부부를 만났다. 파코와 제니퍼. 그들은 우리를 체리밭으로 데려갔고, 드라이브를 했고, 저녁을 함께 먹었다. 그리고 샴페인 잔을 들며 파코가 말했다.

"이 길은 너를 위한 길이야. 오로지 너만을 위해 걸어. 힘들면 쉬어가도 돼. 가고 싶지 않으면 멈춰도 돼. 그러다 보면 너를 만나게 될 거야. 널 만나면 그때 비로소 네 옆에 어떤 사람이 있는지 알게 될 거야."

이 말이 심장 어딘가에 박혔다. 나는 지금까지 누군가의 눈치를 보며 살아왔구나. 누군가의 기대 위에 나를 세우고,

누군가의 실망 앞에 나를 접으며. 그러면서도 나라고 생각했구나.

다시 배낭을 쌌다. 그런데 이상했다. 발이 덜 아팠다. 아니, 아팠지만 걸을 수 있었다. 길이 달라 보였다. 아니, 내가 달라졌다.

그때부터 비로소 옆 사람이 보이기 시작했다. 은퇴 후 처음으로 자신을 위한 밥을 짓고 싶다던 요리사 킴스. 조회수와 꿈 사이에서 어느 쪽도 붙잡지 못하고 방황하던 유튜버 로저. 어린 시절의 상처를 노래로 밀어내려다 결국 노래 앞에 무너지던 도로시. 그리고 무언가를 피해 이 길로 도망쳐 온 젊은 대학생 준상.

낯선 사람들이었다. 그런데 그들 안에서 나를 보았다. 각자 다른 이유로 걷고 있었지만, 우리는 모두 어딘가로부터 도망쳐 온 사람들이었다. 그리고 어느 순간부터 그 도망이 순례가 되었다.

이 소설은 그 길에서 비롯되었다. 800킬로미터, 33일. 그 길이 내게 가르쳐준 것은 완주가 아니었다. 멈출 줄 아는 것, 쉴 줄 아는 것, 그리고 나로 서는 것. 내가 나로 설

줄 알아야 비로소 타인이 보인다는 것을 가르쳐줬다.

아침에 일어나 신발을 신고 첫발을 내디디면 어느새 다음 목적지가 나타나기를 바라던 마음, 몸이 기억하는 한 발 한 발의 무게, 걸음마다의 기적을 지금도 잊을 수 없다.

33일간 동행하신 하나님, 그리고 마침내 이 소설이 세상 앞에 놓일 수 있도록 길이 되어준 밀리의서재, 어느 멋진 도망으로 함께 시작해 준 선배와 그 길에서 만난 순례자들과, 지금도 함께 길을 걷고 있는 내 가족과 지인들, 이 소설의 한 페이지 한 페이지를 함께 써왔다. 감사드린다.

삶의 고통 속에서 길을 잃은 적 있는 누군가에게, 이 이야기가 작은 샴페인 한 잔이 되었으면 좋겠다. 파코가 내게 건넨 것처럼.

2026년 4월 여전히 길 위에서 나상천

어느 멋진 도망
까미난떼, 끝인 줄 알았던 순간 다시 걷기 시작하다

1판 1쇄 발행 2026년 4월 22일
1판 2쇄 발행 2026년 4월 29일

지은이 나상천
발행인 정재욱
본부장 김태형
책임편집 한미리
책임마케팅 이유림
오리지널사업팀 이지향 고혜원 김사룡 박지수 이민해 이유진 전강산
디자인 말리북(mallybook)
제작 세걸음
펴낸 곳 ㈜kt 밀리의서재
출판등록 2017년1월5일(제2017-000008호)
주소 서울특별시 마포구 양화로45, 16층(서교동 메세나폴리스 세아타워)
메일 contents@millie.town
홈페이지 https://www.millie.co.kr

ISBN 979-11-6908-722-3 (03810)